农历的天空下

诗意二十四节气

干国祥 著

序言

在农历的天空下 栖息劳作

"农历的天空下",是一次浩浩荡荡的古典诗词之旅;是一次追逐着太阳和月亮,循序而进的节气、节日之旅;是一次陪伴着百草百花、花开花落的自然之旅;是一次穿越中国农耕文明和传统文化的精神之旅。

唐诗宋词、书法国画、民风民俗、古典音乐……以及你身边的那些叶芽的萌发、百花的绽放、木叶的凋零、初霜的暗飞……都将沿着农历节气这条线索被一一串起,恍若一挂珠链。

这是为期整整一年的漫长穿越,也是为期五千年的漫长穿越。我们不仅穿越了四季的芬芳和色泽,穿越了诗歌的词语与音韵,还穿越了数千年文化的灵魂,而我们的生命,也因此而丰盈、深邃起来。

读着这些诗句,我们的眼前会重现那些遥远时代的一个个身影,他们或默默地在这片土地上耕耘劳作,或怀着乡愁在山山水水间,在通往长安、洛阳、阳关的道路上跋涉。

上半年,我们将从春节开始,穿越春夏两个季节十二个节气,以及春节、元宵、上巳、清明、端午五个传统节日。这一百多个日子里,第一棵泛绿的小草,第一朵含苞的小花,第一只钻出泥土的虫子,第

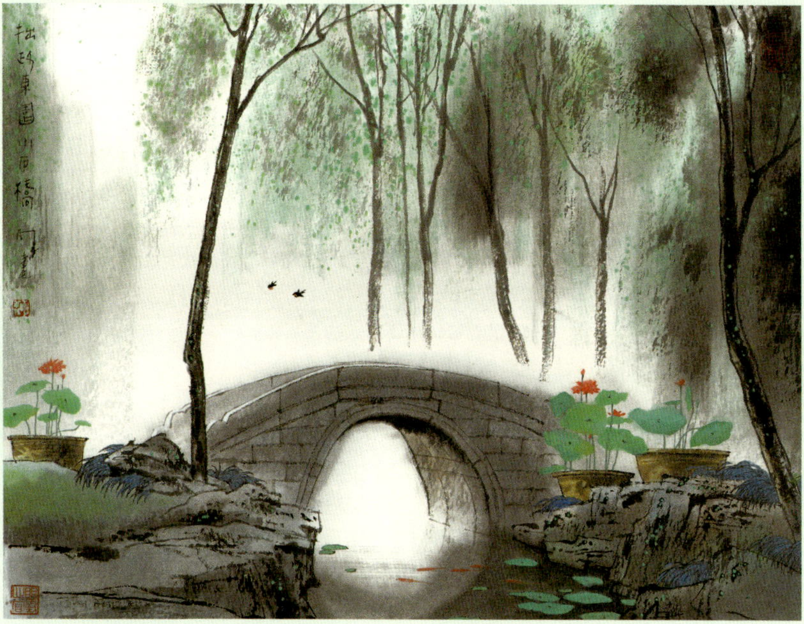
拙政東園小石橋

一声春雷，第一道闪电，和那万紫千红的百花……都会被我们等候与凝视。

我们将欣赏到梅花"疏影横斜水清浅，暗香浮动月黄昏"的风姿，领略她"零落成泥碾作尘，只有香如故"的高洁；在"万紫千红总是春"的日子，我们将欣赏那或浓或淡的美丽色泽，领略那或高雅或朴素的独特韵味，并为它们凋零时的美丽而深深地叹息；而当小荷开始露出尖尖角的时候，我们就开始在等候能深入藕花深处，感受"接天莲叶无穷碧"的勃勃生机和"留得残荷听雨声"的长长诗意……

下半年，我们将从秋天开始，穿越秋冬两个季节十二个节气，以及七夕、中秋、重阳、祭灶和除夕五个传统节日。这一百多个日子里，第一场连绵的秋雨，第一片飞舞的落叶，第一轮皎洁的明月，第一朵清瘦的菊花，第一幅玻璃窗上的霜花图，连同灶王像、年夜饭、北方的雪、南归的雁，还有苏轼和杜甫的笑与泪……都会被我们等候与凝视。

在与一颗颗伟大灵魂的相遇中，我们将认识"一蓑烟雨任平生"的苏轼，将聆听到他"会挽雕弓如满月"的豪迈、"我欲醉眠芳草"的潇洒、"吾归何处"的感慨……

那么走吧，开始走上这条星月相伴的道路吧。在农历的天空下，让我们亲近古老的诗歌，呼吸自然的气息，品味这些珍贵的文字。

目录

春

立春
- 节气一　站在绽放的渴望里 /004
- 节日　　春节与立春 /008

雨水
- 节气二　来自天空的馈赠 /014
- 节日　　元宵：留在诗词里的情人节 /017

惊蛰
- 节气三　天地变化，万物蠢生 /022
- 节日　　上巳：古中国最诗意的节日 /026

春分
- 节气四　生命的盛宴和落叶树的爱恋 /034

清明
- 节气五　万物洁净，天地清明 /040
- 节日　　寒食：被易容的新火节 /043
- 节日　　清明：假装生活在唐朝 /051

谷雨
- 节气六　万木青葱，百谷萌生 /060

立夏

节气七　　从此草色遍天涯 /068

小满

节气八　　大地繁盛，人类安静 /074
节日　　　端午：共享诗歌与习俗 /078

芒种

节气九　　丰收与耕耘 /086

夏至

节气十　　谁人曾闻稻花香 /094

小暑

节气十一　蝉声歇处歌声起 /100

大暑

节气十二　热熏昏火夏化同 /106

立秋

节气十三　　在盛夏里眺望清凉和丰收 /114

处暑

节气十四　　新凉值万金 /120

节日　　　　七夕：耕男织女和痴男怨女 /124

白露

节气十五　　灵性随凉意重回大地 /130

节日　　　　中元节，读首"鬼诗"吧 /134

秋分

节气十六　　昼夜均分寒暑平 /140

节日　　　　后羿、嫦娥和中秋 /144

寒露

节气十七　　谁为秋色赋新词 /152

霜降

节气十八　　草叶的诡计，木叶的传奇 /158

立冬
节气十九　　今宵寒较昨宵多 /166

小雪
节气二十　　一份心情，某种意境 /172

大雪
节气二十一　　你来了，我这里才敢下雪 /178

冬至
节气二十二　　神的死亡与重生 /184
节日　　　　日诞 /187

小寒
节气二十三　　初雪蜡梅枇杷花 /192
节日　　　　小寒与腊八 /196

大寒
节气二十四　　檐下冰挂年事终 /202

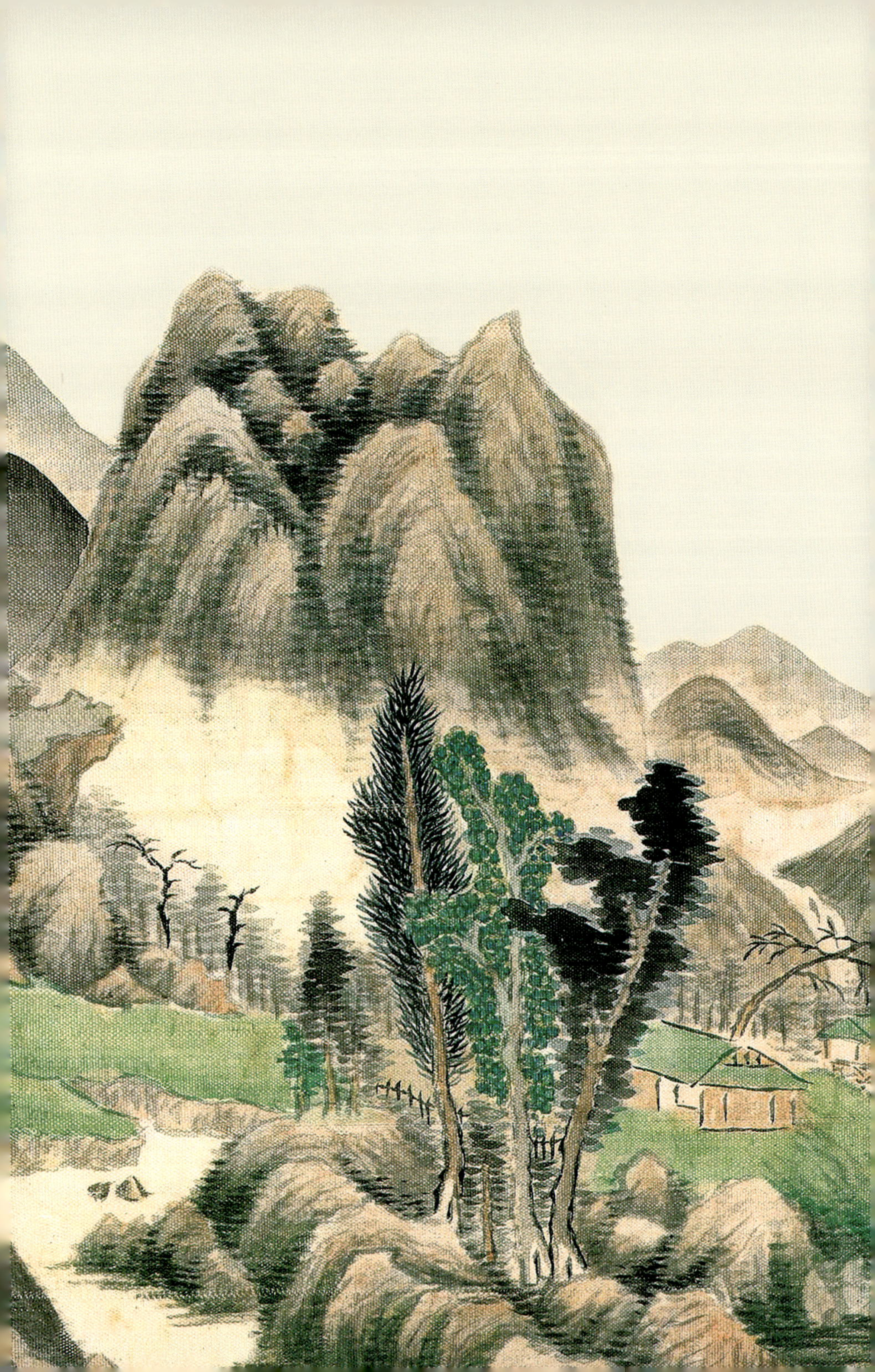

春

谷 清 春 惊 雨 立
雨 明 分 蛰 水 春

立春

── 立春释名 ──

立春,正月节。立,始建也。五行之气往者过来者续于此。而春木之气始至,故谓之立也。立夏、秋、冬同。

——《月令七十二候集解》[1]

白话:

立春,是正月的节气。"立"的意思是时节的开始。金水木火土这五行之气的运行,你来我往,循环往复。"立春"的时候,草木的生机开始萌发,所以称之为"立春"。立夏、立秋、立冬的"立",都是相似的意思。

── 立春三候 ──

(初候)东风解冻。冻结于冬,遇春风而解散;不曰春,而曰冻者,《吕氏春秋》曰:东方属木,木,火母也。火气温,故解冻。

(二候)蛰虫始振。蛰,藏也;振,动也。密藏之虫,因气至,而皆苏动之矣。鲍氏曰:动而未出,至二月,乃大惊而走也。

(三候)鱼陟负冰。陟,升也。鱼当盛寒伏水底而逐暖,至正

---

[1] 依据碧琳琅馆丛书本,全书同。

月阳气至，则上游而近冰，故曰负。

——《月令七十二候集解》

白话：

立春及后五天的物候：开始刮东风，东风带来最初的暖意，坚冰开始解冻。坚冰从冬天开始凝结，遭遇春风而开始解冻。为什么不叫春风而叫东风？《吕氏春秋》说：东方属于五行之木，火生于木，所以是火之母。因此，东风中含着温暖之气，能够瓦解坚冰。

立春后五至十天的物候：冬天里蛰伏的虫开始萌动。蛰，就是躲藏的意思；振，就是萌动的意思。原来因为寒冷而蛰伏躲藏的虫，现在因为温度回升而苏醒萌动了。鲍氏补充解释说：这时候虫子仅仅只是苏醒而没有出来活动，要到二月（惊蛰）的时候才被雷声震惊而外出活动。

立春后十至十五天的物候：鱼开始从水底上升，在靠近水面的冰层活动。陟，是升高的意思。鱼陟，是鱼背靠冰层（就像背负着冰）而从水底升上来。北方的鱼在严冬最寒冷的时候潜伏到水底，而当天气过了最寒冷的时节，阳气降临大地，它就开始向上活动，靠近冰层，就像背负着冰，所以叫它"负冰"。

节气一
站在绽放的渴望里

站在立春里,我们都是一棵渴望开花的树。或者谦卑得像一棵草,却渴望开出最灿烂的花。

然而,此时大地拥有的仅仅是无数渴望;统治视野的,依然是苍茫和枯黄。

落叶树仍然在沉默中等待着时机,它们不会在这时候浪费任何一片没有希望的叶。常青树守护着诺言,它们身披的是去年的叶子,历经漫长冬季的霜雪,此刻叶子蒙上的不只是尘埃,还有日渐疲惫的皱纹和伤痕。

只有秋天播种的冬季草萍悄悄启动了属于自己的狂欢。麦子呀,青菜呀,油菜呀,紫云英呀……它们都是人类的杰作,在苍绿枯黄的大地上,抹几痕鲜嫩的绿,再点上几星浅紫或明黄。

不要提那些养在玻璃窗后已经盛开的水仙和风信子,它们也是能在江南的旷野里度过寒冬的,只是那样的话,此刻它们才露出半截儿新叶。至于花,和桃李们一样,还深深地藏在心底。

桃枝仍是枯的,柳条仍是枯的。玉兰和含笑偷偷地把花苞孕育得越来越硕大,仿佛提醒世人,它们即将宣告一个奇迹。

花草树木没有编写历法,但太阳的高低和长短,土地的温暖和寒冷,都刻写在它们千百万年的记忆里。

仿佛它们知道,小寒和大寒是一年中最冷的时候,降到这个

谷底需要漫长的时光，而走出这个谷底向温暖处爬升，需要同样漫长的时光。立春，只是回归温暖之旅的第一站。

也就是说，草木们清楚，在气温上，今天和小寒、冬至相近。温暖只是错觉，它一半产生于渴望，一半产生于气温一天天回升时的主观感受。

绽放新叶和花朵的愿望可以提上议事日程，所有的准备工作可以启动。但后面还可能有冰冻和霜雪，此刻若吹响冲锋的号角，那么春天将成为尸横遍野的战场。

立春，只是在寒冷和温暖之间，也就是枯黄和翠绿的过渡地带，人为地画一条界线。从高处看过去，右边并不比左边更绿一点。

但这一条线正画在枯黄由盛而衰、翠绿由衰而盛的过渡带上，从更高处望过去，十分清晰，十分准确。左边是冬的国度，右边是春的国度。越过国界，进入到春的国度，哪怕满眼依然枯黄，从此绿意也将日益繁盛，不可逆转。

而总有一些春的勇士早早越过风雪的边界，在凛冬里开放，譬如梅花和山茶。严格地站在国界线上绽放的，则是迎春。

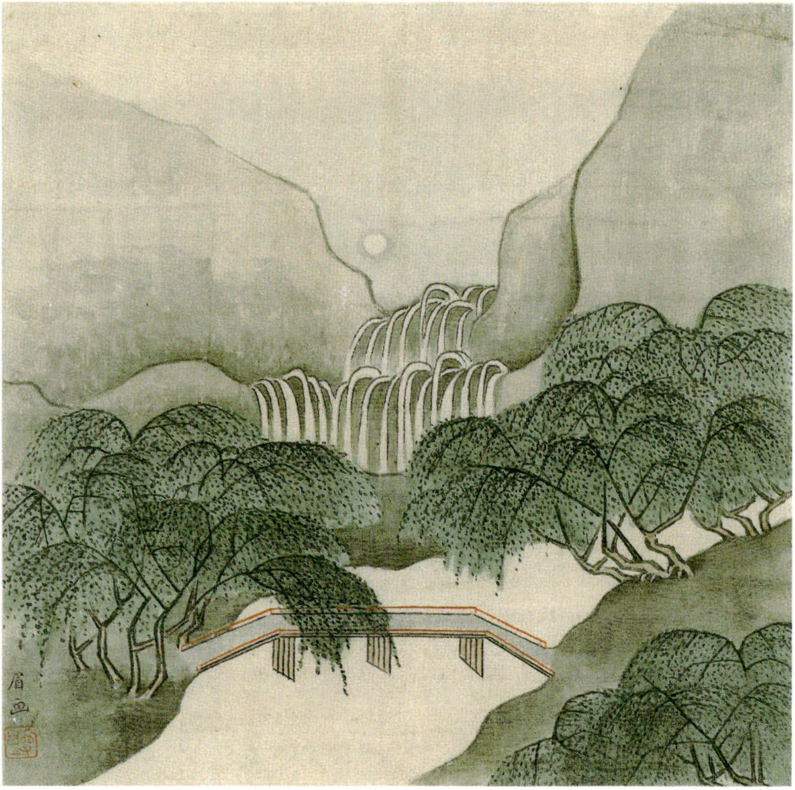
眉画

没有必要在大地和山林遍植梅花，没有必要扩大春的版图，因为没有了漫长的枯黄岁月，一切葱绿和万紫千红将都不能再令人惊喜。

假如没有空调，没有温室，没有南国快递过来的花花草草，此刻我们穿过漫长的冬之国，一脚踏上属于春的土地，哪怕绿色和花朵还只存在于想象，我们也会欢喜得仿佛逃离了暴君的统治，来到了自由的国度。

那么，人类用空调和温室在严寒的暴君国建几个栖息地，也就能被同情和理解了。

风依然寒冷，心开始暖暖地畅想：绽放，绽放，所有的梦想都可以开始了！

节日
春节与立春

1

春节是节日，立春是节气。节日属于所有人，节气则属于农民。

有时候春节比立春早几天，有时候立春比春节早几天。甚至有时候一个夏历年（农历年）里会有两个立春。

2

春节，就是宣告：新年开始了。

立春，就是宣告：春天开始了。

决定春节在哪一天，是依据月亮的圆缺；决定立春在哪一天，是依据太阳的高低。

中国夏历每个月的初一（第一天）称为"朔"，朔字左边是"屰"，右边是"月"，意思是月亮回归——从这一天开始，月亮将一天比一天丰满，直到约十五天后到达"圆满"，这就是"望"（能够看到满月）。然后，月亮又一天天清瘦下去，约十五天后到达清瘦的极点，也是夜晚晦暗的极点，所以这一天叫作"晦"（月光最暗淡，只剩下太阳依然明亮）。

再说一遍：以月亮的一次圆缺为一个月，第一天称朔日，最后一天称晦日，中间那一天称望日。

晦日和朔日的关系，就好像除夕和春节，它们连在一起，却相隔遥远：同一年的除夕和晦日，不仅总是在春节和朔日之后，而且整整相隔一年和一个月。

3

中国使用的传统历法（夏历）之所以被误称为"阴历"，是因为春节是依据月亮确定的。一月初一（也就是元日或春节），这个日子是圆周上的哪一点，这本来是可以选择的，但一旦确定，其他的日子就得以它为游戏的起点、逻辑的起点。这个日子依据太阳定，历法称为阳历；依据月亮定，历法称为阴历。

正如二十四节气的第一确定点是冬至，夏历年月日的第一确定点是春节。

把夏历称为阴历真的不冤枉？当然没这么简单。确定初一的依据确实是月亮，但确定一月（正月）的依据却仍然是太阳。

一年十二个月，以哪个月作为起点？

选择日照最短日（冬至）后面的一个月为一月（正月），这就是当前公历的选择，中国古代商代也曾采用。只是我们的"月"依据月亮的圆缺，第一天都确定在朔日；而公历是把一年平均分成十二个月，每个月的一日，大多数不会正好是朔日。

确定天气最冷后慢慢转暖的第一个月为一月（正月），这就是夏历的选择。大寒可能是天气最冷的那个点，如果大寒后的第一个朔日是春节，而大寒之后约十五天就是立春……就这样，立春和春节总是若即若离地相互伴随，有时碰巧就在同一天。

4

采用夏历的好处是每个月的任何一天,只要抬头看看月亮,就能知道今天是一个月里的哪一天。短处是因为月亮圆缺一周是 29.53 天,而地球绕太阳一周是 365.25 天,也就是说,一年并不正好是十二个月,多了十多天怎么办?

夏历用大月 30 天、小月 29 天的办法基本解决了月亮圆缺一周是 29.53 天的难题,仅仅留下有时候十六的月亮比十五更圆的小瑕疵。

夏历用每几年增加一个闰月的办法解决后一个难题,留下的是有时候一年有十三个月的大尴尬,四季冷暖也远不如公历准确,这对依据历法来耕耘播种的农人来说几乎就是灾难!幸亏还有二十四节气——这是严格按照太阳高低、日照长短来确定的。比如 2017 年丁酉鸡年有闰月,一年比平常年份长,于是正月初七是立春,腊月十九又是立春——春天等不及月亮的阴晴圆缺啊。

5

几月初几确实是阴历,二十四节气确实是阳历,夏历综合这二者,就是阴阳历。而把几月初几称农历其实是不对的,因为农民耕种依据的不是农历,而是二十四节气。

二十四节气,是采用夏历必不可少的重要补充,因此也就是夏历必不可少的组成部分。

最理想的历法,是春节就是立春,但这是不可能的。这就需要有强大的力量命令地球："你绕太阳转一大圈的时候，自己转的小圈正好是 360 圈！"还得命令月亮："你绕地球转一圈的时间，必须刚好是地球自己打 30 个转转！"哦，这也就是圆为什么是 360°的原因了。

有差错和复杂性，才能够让我们知道知识产生时的困难、机智和妥协，知道它是人类努力的结果。

6

立春，就是说，春天从此时开始。立夏、立秋、立冬都是这个意思。

冬至是黑暗的极致，光明将慢慢回归。大寒是寒冷的极致，温暖将慢慢回归。立春就是感受到温暖回归的界牌，就是人为地在寒冷和温暖的过渡地带，画了一条分界线。

立春那天，让我们走出有暖气的房间，去看看草木们比我们敏锐的感知吧。

雨水

—— 雨水释名 ——

雨水,正月中。天一生水,春始属木,然生木者,必水也,故立春后继之雨水,且东风既解冻,则散而为雨水矣。

——《月令七十二候集解》

白话:

雨水,是正月的第二个节气。人们用一来表示天道,而天道首先创生了水。春这个时节本来属于五行之木,然而要促进木的生长,必须要水。所以立春这个节气之后,接着的是雨水这个节气。而且当东风开始瓦解冰冻,天地间的冰冻也开始逐渐化为雨水。

—— 雨水三候 ——

(初候)獭祭鱼。獭,一名水狗,贼鱼者也。祭鱼,取鱼以祭天也。所谓豺獭知报本,岁始而鱼上游,则獭初取以祭。

(二候)候雁北。雁,知时之鸟。热归塞北,寒来江南,沙漠乃其居也。孟春阳气既达,候雁自彭蠡而北矣。

(三候)草木萌动。天地之气交而为泰,故草木萌生发动矣。

——《月令七十二候集解》

白话：

雨水及后五天的物候：水獭开始捕鱼，并晾晒捕获的鱼，就像在祭天一样。

雨水后五至十天的物候：大雁开始向北迁徙。大雁是最知道时节的鸟，天气转热，它们迁徙到塞北之地，天气转冷，它们迁徙到江南之地。荒凉无人的沙漠就是它们选择的居所。初春阳气刚刚萌生，大雁就开始从鄱阳湖等地方向北迁徙了。

雨水后十至十五天的物候：草木从沉睡中再度醒来。天之气为阳，地之气为阴，雨水节气时，天地之气再度相交而为祥和之态，所以草木再度开始生长。这是即将可以耕作的征兆。

节气二
来自天空的馈赠

雨水,这个词对江南人缺少惊奇。江南一直被雨水浸泡着,就像一个富家子弟,一直被财富浸泡着,他无从了解匮乏者的饥渴,也不再有被赐予时的惊喜。

雨水这个节气提醒我们,二十四节气的命名,毕竟是古中原的视角:从今天起,雨雪霏霏,将改为烟雨蒙蒙了。

用科学的话语,就是天上的降水,将从固态的雪,变成液态的雨了。

水是一切生命的根源,当它太冷时,生命随之而凝固;当它太热时,生命随之而狂躁。二十四节气的名字里,至少有七个直接描绘了水在一年中的不同形态:雨水、谷雨、白露、寒露、霜降、小雪、大雪。如果把小暑和大暑理解为水正趋向气态,白露和寒露就是大气中的水复归于液态——节气的名字里,包含着水的三种物理形态。

二十四个名字,清晰地刻画出大地在每个季节的情态,以及生命在每个节气的生态。

雨水,不仅仅是干旱和湿润的交替,更是冷暖的又一个分野。此刻,离开大寒才一个月,距离大暑还有近五个月。仍然很冷,所有的动物依然披着冬装,而它们中的大多数依然蛰伏于较为温暖的土层深处。至于被称为裸虫的人类,棉袄啊,羽绒服啊,火炉啊,暖气啊,空调啊……一切保暖和取暖的设备都不忙撤下,温暖还只是一个遥远的梦想。

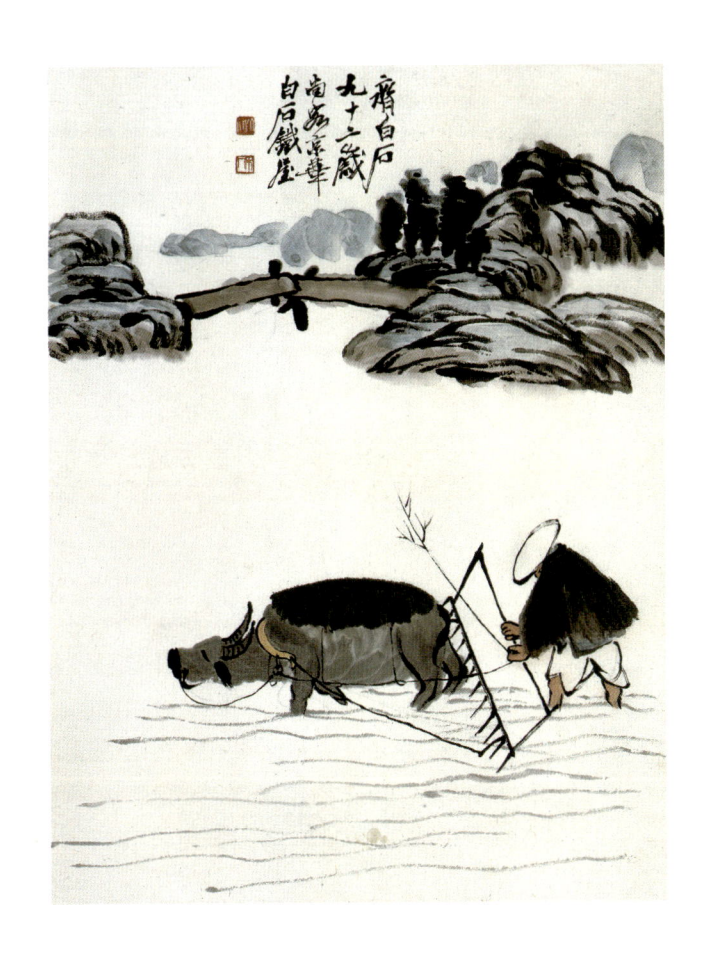

齊白石九十二歲
鐵佛寺東華
白石鐵屋

天地间一切的动物和植物，它们的演出顺序是：天空赐予大地以雨水；草木及种子吮吸到足够的雨水，欣欣然开始了新一年的劳作；然后，以植物为生的动物才陆续登台亮相。

前一个开端叫雨水，那是天空呼唤植物来为大地布景；后一个开端叫惊蛰，那是天空呼唤着动物逐一上场。

假如没有雨水，沙漠就是榜样；假如雨水总是以冰雪的形态存在，北极就是榜样。所以古人在用一个"天"字加四点构成"雨"字时，心里一定充满了感激和敬畏。而另一个古汉字"需"，则记录了人类求雨的场景：一个双手向天，舞蹈着、祈祷着的人，终于迎来了一场渴望已久的雨！

此刻，所有植物的根须都开始畅饮，大多数去年的种子都开始膨胀，这才是天地间最最重要的物候，胜过江南的园林里开始衰败的梅花，和刚刚绽放的贴梗海棠、二月兰、紫花地丁们，甚至胜过无数饱胀着即将点亮整个世界的花苞。

最能形容这个日子的诗句是"好雨知时节，当春乃发生"和"草色遥看近却无"。

其实前一句不过是我们的断章取义，杜甫写的乃是四川成都盛春的雨水，并不是雪和雨的换岗。而"草色遥看近却无"中的草色一半来自向往和想象，一半来自大地上的事实。枯草依然是大地的主色，但自南而北，陆陆续续有草在苏醒，这是白居易诗句里被野火烧过的草，是未来将像惠特曼的诗歌所歌唱的那样蔓延大地的草。

是草，赋予这个大地最根本的活力。

而草的活力，又来自天空慷慨的馈赠：阳光，还有雨水。

节日
元宵：留在诗词里的情人节

笔者和大多数人一样，童年并没有太多元宵节的记忆。没有采菱船，没有满街满城的五彩灯，偶尔有谜语，总是有汤圆——汤圆成了浓缩的元宵节，就像春联和爆竹成了最容易复制保留的春节。

但如果有诗句呢？

纯粹写元宵节的诗歌并不少，譬如南宋姜夔的《诗曰》：

> 元宵争看采莲船，宝马香车拾坠钿。
> 风雨夜深人散尽，孤灯犹唤卖汤元。

江南和北国不同，多水，多河，多桥。古代江南的城市，也和河流密切地缠绕在一起。所以元宵灯节，不仅沿街挂起灯供人赏玩，而且还把灯搬到水上、船上。无论是漂在水面还是点缀在船上，灯映在粼粼水波里，都是灵动的美丽，令人神往与遐想的风景。

至于宝马香车和美女们坠落的金钿，则一半是事实描写，一半是符号化的元宵节必用词语。富足，带着炫耀的庆祝，有节制的狂欢，男女授受不亲的严苛礼制中难得的相遇缝隙……足够当时的年轻人期待，足够当时的诗人们遐想，但也许对我们则会构成欺骗。我们今天是娱乐过度而麻木不仁，而当年元宵的欢乐，恰恰是长久的平淡后，短暂的绚烂所带来的。

北宋欧阳修的《生查子·元夕》直接略过元宵节的风俗和风光，用笔墨捕捉住了青年男女最动人的那缕情丝：

> 去年元夜时，花市灯如昼。
>
> 月上柳梢头，人约黄昏后。
>
> 今年元夜时，月与灯依旧。
>
> 不见去年人，泪湿春衫袖。

"人约黄昏后"，是特定的此男彼女相约黄昏后相见，还是所有的人"不约而同"于黄昏后聚会？

他们是从未谋面的两个人在元宵的聚会里偶遇，还是早已惺惺相惜的两个人，借元宵节约会？

诗歌里主人公的伤心惆怅，是今年元宵节再也遇不到去年偶遇的"美人"（男女皆可），还是他们终于分手了不能再相约？

这种莫名的美丽相遇而终于没有任何果实，也许才是真正的烟花之美，元宵之美。如果是恋人相约，又何必一定放在元宵。必须是昙花一现，必须是偶遇，必须是失落后永久的内心珍藏，才能有那样特殊的美和痛。

把元宵风俗和元宵情愫写到极致的，只有南宋辛弃疾的《青玉案·元夕》：

> 东风夜放花千树，更吹落，星如雨。宝马雕车香满路。凤箫声动，玉壶光转，一夜鱼龙舞。
>
> 蛾儿雪柳黄金缕，笑语盈盈暗香去。众里寻他千百度。蓦然回首，那人却在，灯火阑珊处。

正如"忽如一夜春风来，千树万树梨花开"写的不是梨花而是雪花，"东风夜放花千树"写的不是春树，而是灯火；后面紧跟着的"更吹落，星如雨"同样不是写星光，而是写焰火。可以说，这两句几乎把元宵作为灯节写彻底了，写极致了——即使我们今天的烟火更灿烂，灯光更神奇，但面对辛弃疾的诗句，我们难免词穷。

上阕纯粹写元宵风景，但"宝马雕车香满路"和"凤箫声动"里，为下阕留下了伏笔：这是美丽女性的盛会，是浪漫诗人的机会。

于是，有了意料中的偶遇和旋即到来的分离："蛾儿雪柳黄金缕，笑语盈盈暗香去。"

是继续在人海中和下一个"美人"偶遇又擦肩而过，还是追寻这第一朵的茉莉？是为这个节日留下无数华丽缤纷的光影，还是保留一点若有若无又将在回忆里永恒的美好记忆？

诗人的选择，既为我们留下了可以匹敌"蒹葭苍苍，白露为霜；所谓伊人，在水一方"的诗意，又为我们今天的搜索引擎"百度"提供了命名的灵感：众里寻他千百度！

找到她了，"那人却在，灯火阑珊处"！

然后呢？

没有然后，除了这首词，和千百年来无尽的憧憬与想象。

在遥远的宋朝，即使有过这样的相遇和寻找，"然后"也是挥挥手不带走一片云彩。必须是这样的偶遇，必须是这样的克制和梦想，才是属于宋朝的美丽和忧伤。

然后，大地凋零，词语尘封。元宵节终于彻底地从岁月中消失，即使有好事者挂满灯笼，舞狮舞龙，但没有了时间累积的向往，没有了平淡中对绚烂、寂寞中对偶遇的渴望，它也只能是徒有其表。

借着诗词，那份美丽永久停留在宋朝。

而我们的元宵节，也永远只在诗句里。

惊蛰

── 惊蛰释名 ──

惊蛰，二月节。《夏小正》曰：正月启蛰，言发蛰也。万物出乎震，震为雷，故曰惊蛰。是蛰虫惊而出走矣。

——《月令七十二候集解》

白话：

惊蛰，是二月的节气。《夏小正》这本书上曾说"正月启蛰"，"启蛰"就是"发蛰"的意思——冬天虫类冬眠蛰伏，启蛰、发蛰、惊蛰的意思，都是蛰伏的虫子重新活动的意思。《易经》上说："万物出乎震。"震，指的就是雷电。为什么叫"惊蛰"？这几日开始出现雷电，于是蛰伏的昆虫受惊而出来活动了。

── 惊蛰三候 ──

（初候）桃始华。

（二候）仓庚鸣，庚亦作鹒，黄鹂也。……《章龟经》曰：仓，清也；庚，新也；感春阳清新之气而初出，故名。

（三候）鹰化为鸠。……《章龟经》曰：仲春之时，林木茂盛，又喙尚柔，不能捕鸟，瞪目忍饥如痴而化，故名曰鸤鸠。《王制》曰：鸠化为鹰，秋时也。此言鹰化为鸠，春时也。以生育肃杀气盛，故鸷鸟感之而变耳。孔氏曰：化者，反归旧形之谓。故鹰化为鸠，鸠复化为鹰，如田鼠化为䴇，则䴇又化为田鼠。若腐草为萤，雉为蜃，爵为蛤，皆不言化，是不再复本形者也。

——《月令七十二候集解》

白话：

惊蛰及后五日的物候：桃花开始绽放。

惊蛰后五至十日的物候：仓庚鸟开始鸣叫求偶。仓庚鸟就是黄鹂鸟，《章龟经》说：仓，是清的意思；庚，是新的意思。黄鹂鸟感受到春天的太阳和清新之气，就出来活动了，所以叫仓庚。

惊蛰后十至十五日的物候：老鹰化为布谷，布谷鸟开始鸣叫。《章龟经》说：二月的时候，树林开始茂盛，但老鹰的嘴啄还很柔嫩，不能捕食鸟类，只能瞪着眼睛看，白白挨饿，所以就化成了布谷鸟。《王制》说：布谷鸟化为老鹰，是秋天的时候。这时则是老鹰化为布谷鸟，是春天的时候。因为春天的时候生育之气大盛，秋天的时候肃杀之气大盛，所以猛禽感受到天地之气就随之变化了。孔氏说：化，说的是重新回到原来旧的形体。所以鹰化为鸠，鸠又化为鹰。还有田鼠化为䴇，而䴇又化为田鼠。但像腐草变成萤火虫，野鸡变成蜃，黄雀变成蛤，都不能算作是"化"，因为它们不会再变回原来的样子。（变化之说虽然不正确，但可能物候观察是正确的。比如布谷鸟开始鸣叫了，而老鹰不像冬天那样经常可以看到了。）

节气三
天地变化，万物蠢生

"微雨众卉新，一雷惊蛰始！"

这是唐朝韦应物的诗句，也是形容惊蛰这个节气最好的句子。

"微雨众卉新"，写的是木本花卉的美丽。惊蛰前后，正是那些先花后叶的木本花卉登台亮相的时刻。光秃秃的枝头，突然绽放出无限润泽与明艳的花朵：洁白、金黄、粉红、玫紫……先是一树两树，渐渐满山满坡，再没有比这类花树更直观的春天信号了。

惊蛰时节的江南，梅花开过了，迎春开过了，玉兰、山樱、李花和贴梗海棠开得正盛，而桃啊，杏啊，苹果啊，重樱啊，都站在后台精心装点着自己，只等候着那一声请自己上场的号令。

"一雷惊蛰始"，作者不是说惊蛰这个节气开始了，而是说蛇呀、蛙呀、各种昆虫呀，随着第一声天雷的呐喊，它们的时间开始了。

比这两句诗更简妙的，就是"惊蛰"这两个汉字本身。

"惊蛰"原称"启蛰"，因为避汉景帝刘启的讳，从此改成了惊蛰。

避讳更名，大多数情况下总会导致事物本质因此而被遮蔽。但我们不得不承认，惊蛰这个名称就是要比启蛰更妙，仿佛只有改成了惊蛰，这个节气才从此生动起来。

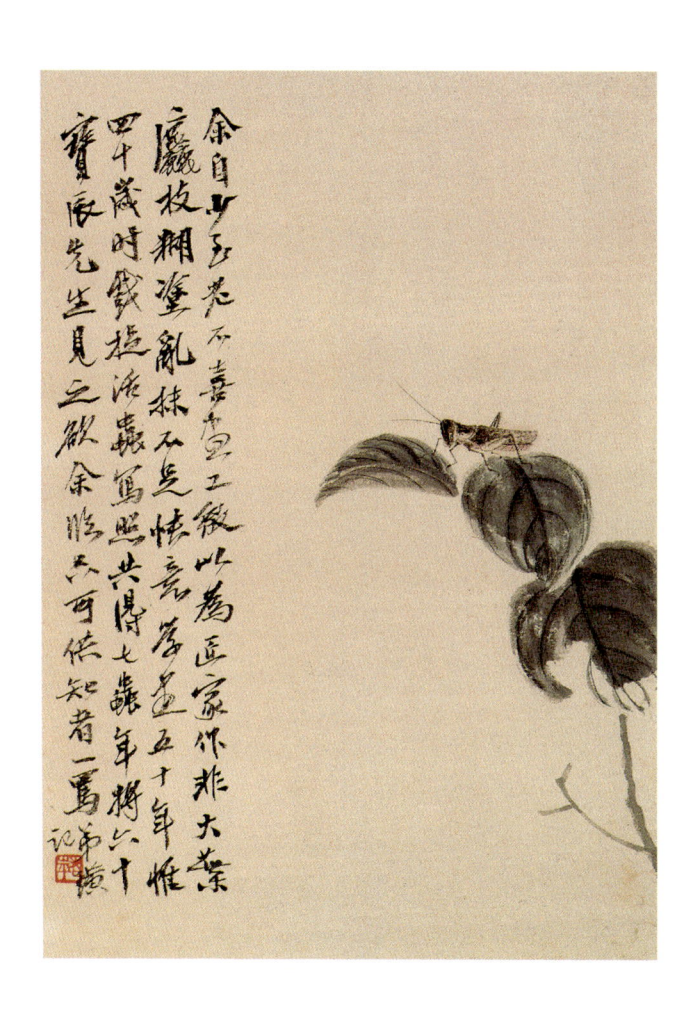

余自幼至老不喜應人工緻此為匠家作非大葉亂枝糊塗亂抹不是悔意苦等畫五十年惟四十歲時戲捉活蟲寫照共得七種年將六十寶辰先生見之欲余臨六可使知者一笑耳 瀕記

启蛰，只是说蛰伏的冬虫从它们潜藏的洞穴和角落里打开门走进了春天里。而惊蛰，它为这个节气平添了一位主人，那位唤醒冬虫和万物的主人：雷。

一雷惊蛰始！

其实不同于两三千年前的温暖潮润，今天的黄河流域在这段时间还是等不到春雷的。但哪怕仅仅是对"惊蛰"二字的喜爱，仅仅是对"一雷惊蛰始"这种季节革命的憧憬，人们也会永久性地强调：惊蛰的象征，就是雷，就是闪电。

从立春到惊蛰，就是从"潜龙勿用"到"见龙在田"。龙，是雷和闪电，也是万物本身——它是借天地间万物的运行情状而抽象出来的"道"。

不过回到生物或生命本身，包括人这一特殊的生灵在内，我以为形容惊蛰前后生命状态的最佳汉字应该是"蠢"。蠢，就是和"蛰"正好相反的一个字。古书上说："天地变化，万物蠢生，则有经营之迹。"蠢，原本并不是一个贬义的坏词，而是一个充满原始生机、原始野性的妙词。

是的，蠢蠢欲动，这就是惊蛰前后万物的风情。

心再也按捺不住，要打开门去，要翻出墙去，要呐喊和游戏，要战斗和恋爱，要产生无数莫名其妙的念头和不切实际的梦想。

而这就是生命的诡计，想要不停留于昨天的成功套路，在变幻莫测的时间中永远有新的成功者，就需要保留每一个物种的蠢蠢欲动。

　　唯一的那个成功者，将从一万个蠢蠢欲动中诞生，此刻连上苍也不知道它的姓名，而每一个蠢蠢欲动者则相信它必定就是自己。

　　这是多么美妙的设计，北温带沉睡已久的大地开始蠢动，而当所有的生命戴上新的面具在春天里起舞时，那将是这一方天地为自己定下的狂欢节。

节日
上巳：古中国最诗意的节日

1

农历三月初三，上巳节。

许多人以为自己从没听说过这个节日，其实，假如不是因为寒食节和清明节的"篡夺"，上巳节实在是所有节日中最美好、最诗意的一个：因为它落在最美好的盛春，在天气渐渐转暖到人可以褪去冬衣换上春衫的时刻，它召唤人们走出屋子，到田野去，到水边去，用新一年的河水，象征性地洗涤自己。

这是古代中国人的洗礼，却不需要遵从严苛的教条，它只是自然的恩赐，请你为新来的岁月欢欣鼓舞。

2

上巳之名，意思是说第一巳日，指的是暮春三月的第一个巳日。中国古代用天干地支的方法来记录年月日，譬如今天是丙辰日，明天是丁巳日——按上巳节这个名字的原义，明天才算是上巳节。正因为上巳节在哪一天的不确定性，后来人们图方便，就定在了三月三。春节除外，三月三上巳，五月五端午，七月七乞巧，九月九重阳……大概是发现了中国古人编排节日的规律，所以马云坚决地安排了一个双十一购物狂欢节，终于使得一年中的所有月份和日序阳数重合的日子，都成了伟大的节日。轻松下，莫当真。

3

上巳节最主要的仪式，就是"祓禊"，两个字的左边都是"示"，表示和祭祀有关。"祓"是清除、扫除，无论是身体内的毒素，还是社会上的罪恶，都需要用一个仪式来加以清除——当然这只能是象征性的。"禊"，是"祓"的其中一种方法，用水洗。

想想遥远的古人，在寒冷且通气性不好的屋子里待了一整个冬天，等到了春雨唤醒草木的雨水，等到了春雷唤醒蛇虫的惊蛰，等到了万木青葱、百花齐放的春分，心早已经按捺不住，急着想要冲出去，冲进春天。

但事实上，天气真正变暖，须得春分之后。所以上巳节，就是古人在岁月中认定的最宜出游的日子。如果说清明是扫墓时顺带了踏青，那么上巳节就仿佛是在明目张胆地向天地宣告：人类出洞了。

4

其实所有读过点书的中国人都逃不开上巳节，因为一个伟大的书法家和散文家，把这个节日牢牢地镶嵌在中国文化中，没有人，也没有法律可以真正抹去。

今天人们读《兰亭集序》，总是和王羲之美妙的书法结合在一起的，虽然我们已经看不到真迹，但它依然是所有人公认的第一行书，没有任何异议。

其实，即使没有书法的附加值，王羲之的《兰亭集序》也是中国第一流的散文,就此篇而言,绝不亚于苏东坡的《赤壁赋》。

而非常有意思的是它也保留了东晋时期上巳节的物候、风俗、思想。

开篇,它交代了上巳节必须做的仪式——洗礼,也就是祓禊:"永和九年,岁在癸丑,暮春之初,会于会稽山阴之兰亭,修禊事也。"

但只是泼点水,洗个手,显然不能满足这群才华横溢的魏晋名士。所以他们要玩自己创造出来的一个新游戏,叫"流觞曲水",酒杯在弯弯曲曲的小溪中浮动,停在谁的面前,谁就喝了这杯酒,并即席赋诗:"群贤毕至,少长咸集。此地有崇山峻岭,茂林修竹,又有清流激湍,映带左右,引以为流觞曲水,列坐其次。虽无丝竹管弦之盛,一觞一咏,亦足以畅叙幽情。"

而王羲之作为书法大家,还额外有一项任务,为大家现场创作的诗集写个序言。所以,他是从全局的、整体的眼光,来看这场盛宴,来看这个日子。

他极其简洁生动地写明了春游之乐:"是日也,天朗气清,惠风和畅,仰观宇宙之大,俯察品类之盛,所以游目骋怀,足以极视听之娱,信可乐也。"

"品类之盛"比"天朗气清,惠风和畅"更点明了上巳节物候的特征。这时候,最谨慎的树也已经发了芽,最懒惰的动物也已经出了窝,无限的花,无限的草,无限的鸟鸣,生物用无限的生机,装点出宇宙的勃勃生机。

后面的文字,就是最精彩的魏晋生命哲学上场了。这样的生命感悟,直追《庄子》中的某些篇章,也在后来的唐诗宋词中不断显现。

5

汉朝和唐朝，官方都相当重视上巳节，查阅唐诗中的上巳节，会发现许多是"应制"的诗篇——也就是说被皇帝邀请，一道去渭水之滨、洛水之滨，进行祓禊之礼，并借机君臣同欢。

当然平民百姓也有权召集亲朋好友一道过上巳节。尤其是文人，因为受《兰亭集序》的影响，对魏晋风流的仰慕，所以也很喜欢在这个日子呼朋引伴，喝酒赋文。

这些诗文中，笔者比较喜欢李清照的《蝶恋花·上巳召亲族》：

永夜恹恹欢意少。空梦长安，认取长安道。为报今年春色好，花光月影宜相照。

随意杯盘虽草草。酒美梅酸，恰称人怀抱。醉里插花花莫笑，可怜春似人将老。

春到春分最盛，到了上巳节、清明节，就已经盛极而衰了。一般男性除了像秦少游这样敏感的以外，是只会看到满目繁华的。就像李清照笔下的那个卷帘的侍女，认为"海棠依旧"。其实呢，梅花谢了，迎春谢了，木兰谢了，樱花谢了，桃李和海棠，也正在繁华中转换成衰败，一如李清照所说的"绿肥红瘦"。

这是最后的花季，匆匆啊，珍惜啊。

6

其实，最生动传神写出上巳节的，还不是唐诗宋词和魏晋文章，而是《论语》。

在那部总被错认为是道德说教格言集的伟大典籍里，记录了曾子（曾参）的父亲曾皙（曾点）的一段话，他用这段话向老师和同学表达了自己的人生志向：

暮春者，春服既成，冠者五六人，童子六七人，浴乎沂，风乎舞雩，咏而归。

这里"浴乎沂"三字，就点出祓禊的仪式。这个季节当然不可能是游泳的好日子，这个浴，就是仪式上的沐浴。带着同道和学生，一起去大好的春光中游玩、洗礼、歌唱，这真是令人向往的教育。难怪孔子听了也赞叹、羡慕不已。《论语》的原文是"夫子喟然叹曰：吾与点也！"

7

用水清洁自身的仪式，看来是全世界通行的人类仪式：犹太教、基督教里有洗礼和浸礼；印度人喜欢到神圣的恒河里浸泡，以此清除自身的罪恶；中国化了的佛教中，观音菩萨的杨柳枝和净水瓶，依然隐藏着洗礼的秘密。

这种仪式过得最欢脱的，就是泼水节——当然这是在亚热带地区，有泼水的便利。如果你把这个节日搬到北温带，恐怕就成了感冒的制造者。但放到夏天，则又完全丧失了与万物一道律动的敏感生机。

8

上巳节，与水有关。可紧跟着上巳节的，还有一个与火有关的重要节日：寒食。紧挨着寒食的，则是二十四节气中的春天的第五个节气：清明。

今天，上巳节消失了，寒食节消失了，只剩下了清明节。但借了清明，寒食节"借尸还魂"，完完整整地保留着，而上巳节的诗意，也多多少少地隐藏在春游的密码中。

我们因此可以说：不像上巳节的寒食节，不是好的清明节。

春分

—— 春分释名 ——

春分,二月中。分者,半也。此当九十日之半,故谓之分。秋同义。夏、冬不言分者,盖天地间二气而已。方氏曰:阳生于子,终于午,至卯而中分,故春为阳中,而仲月之节为春分,正阴阳适中,故昼夜无长短云。

——《月令七十二候集解》

白话:

春分,是二月的第二个节气。"分"的意思是一半,春分就是春天过了一半的意思。一个季节约九十日,春分就是从立春到现在过了四十五天,到立夏还有约四十五天。以春分为分界,春天前后对半分,所以称为春分。秋分也是同样的意思。夏季和冬季没有一半的意思,这大概是因为它们指天地间阴阳二气的极端。方氏说:阳气生于子时,到午时达到巅峰,而卯时就是中间。春天就是阳气从萌生到巅峰的中间,而二月是春季的中间,春分就表示这个特定的时间。春分这时候刚好阴阳二气彼此调适,白昼和黑夜一样长短。

—— 春分三候 ——

(初候)元鸟至。元鸟,燕也。高诱曰:春分而来,秋分而去也。

(二候)雷乃发声。阴阳相薄为雷,至此,四阳渐盛,犹有阴焉,则相薄乃发声矣。乃者,《韵会》曰：象气出之难也。注疏曰：发，犹出也。

（三候）始电。电，阳光也，四阳盛长，值气泄时而光生焉。

——《月令七十二候集解》

白话：

春分及后五日的物候：燕子从南方回到了江南、中原等地。高诱说：燕子春分来到，秋分离开（黄河、长江流域）。

春分后五至十日的物候：经常性地出现雷声。阴阳冷暖二气相接发生冲突，就发生了雷响。到春分这个时候，阳气已经占了六分之四，但还有二阴。阳气和阴气相遭遇，就发出了雷声。

春分后十至十五日的物候：开始经常性地出现闪电。闪电，是阳气所发的光。春分时节已经有了四阳，非常盛大滋长，当这疯狂生长的阳气偶尔泄露时，就产生了闪电之光。

节气四
生命的盛宴和落叶树的爱恋

经过"雨水"三十多天的浸泡,再经过十多天前"惊蛰"第一声春雷的震撼,春分前后,所有的草木都苏醒了,各式各样的虫类、鸟类、兽类都活跃起来。

虫子们怎么能错过最最鲜嫩的草芽和树叶?鸟儿们怎么能错过越来越多的虫子?燕子自南而北,逐渐出现在北温带的大地。不仅仅是燕子,还有大雁、天鹅、鹤、鹳、鹭……各种候鸟以各自不同的速度从南方启程,先后落在北温带的土地上。

是的,越来越长、越来越正的阳光将是所有草木的盛宴,无穷无尽的新芽将是昆虫们的盛宴,越来越多的昆虫将是鸟儿和蛇蛙们的盛宴。

那花儿们又是为了什么,而加入这场春的盛会呢?

——为了爱情,为了生命的延续和变化。

而为此,它们又需要那些和爱情同样重要的媒人。

蝴蝶为什么长着长长的喙?

——那是为了吸到花蕊深处的蜜。

花儿怎样才能防止媒人们送错了爱的花粉呢?

——别担心,他们约好了,每一种花都会在某个时节一齐开放。

但谁都知道一年中最美好的就是"春分"前后这些日子,所以,

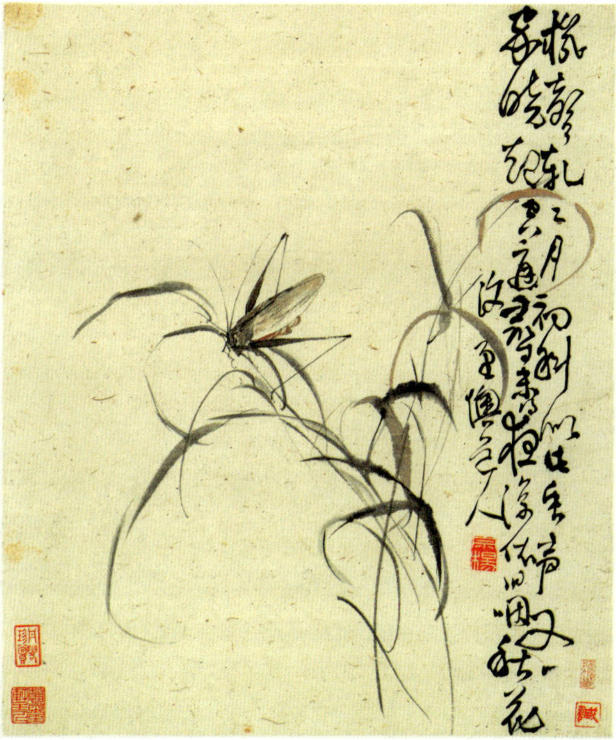

先花后叶的木兰、贴梗海棠和木瓜海棠，一边抽芽一边开花的桃、李、杏，以及各色水仙、风信子、郁金香，还有田野上大片大片的油菜花……有些特意延长着花期等待着这个日子，有些就是急忙忙地来赶这个日子。送错就送错吧，浪费就浪费吧，谁都想要赶这个时节热热烈烈地爱恋一回。

北方枯萎苍黄的大地，忽然就绽放出漫山遍野的杏花，草叶还来不及涂绿地面，密密匝匝的粉红云彩就仿佛是一个飘来的奇迹，顿时抹去了北方和江南的风景落差。

但春分前后最迷人的还不是桃李，不是杏花春雨，而是柳，是水边的垂柳。

曾有过多少诗句歌唱这种并不开出鲜艳花朵的树啊，借它唱出古代诗人和游子最频繁的忧伤：别离。但无须其他因素，柳本身就是此刻湖山最美的点缀，那么高大的树干，那么袅娜的枝条，那么精致的细叶，无论是以北方枯黄的大地为背景，还是站在南方常青树前，它的青翠都仿佛诗句本身。

就把春分，当成落叶树们的生日吧。扬着叶的杨，流着枝的柳，开着花的桃、李、杏，藏着花的晚樱和西府海棠……它们的花期不一，但是叶子的生日却如此相近。

落叶树是最有艺术家气质的，而常青树则颇像学院里搞学问的教授。落叶树是神经质的，是起起伏伏的，是会表现出漫长的忧伤和突然的狂喜。但无论有没有灿烂的花，它们在一年中必定会有至少两个时节的辉煌：春天新叶似灵感爆发，秋天霜叶如爱的谢幕；一刹那间，漫长的枯萎得到了补偿，仿佛一生只有这几行诗句，就胜过教授们的论文千行！

常青树是用来景仰的，落叶树是用来爱憎的：大起大落，大悲大喜，彻彻底底的觉悟，完完全全的热爱！

也唯有这些会凋零的树，才能作为二十四节气的代言：夏的盛大，秋的忧伤，冬的沉寂，而春，则是忘掉过去一切，重新开始爱恋的希望。

清明

清明释名

清明,三月节。按《国语》曰:时有八风。历独指清明风为三月节,此风属巽故也。万物齐乎巽,物至此时皆以洁齐而清明矣。

——《月令七十二候集解》

白话:

清明,是三月的节气。按照《国语》的说法,四时有八种不同的风,历书上唯独指定三月这个时节的风为清明风,并定为节气,这是因为清明风属于八卦中的巽位(巽在后天八卦中的方位属于东南,所以清明风也就是指东南风)。万物从震时出,到巽时齐,所以又称"万物齐乎巽",说的就是万物到了清明这个时节都显得清净、整齐、明媚,所以这个节气才被叫作清明。

清明三候

(初候)桐始华。桐,木名。有三种:华而不实者曰白桐,……皮青而结实者曰梧桐,一曰青桐,……子大而有油者曰油桐。……今始华者,乃白桐耳。按《埤雅》:桐木知日月、闰年,每一枝生十二叶,闰则十三叶,与天地合气者也。

(二候)田鼠化为鴽。《本草》《素问》曰:鴽,鹑也,似鸽而小。……鲍氏曰:鼠,阴类;鴽,阳类;阳气盛故化为鴽,盖阴为阳所化也。

（三候）虹始见。……注疏曰：是阴阳交会之气，故先儒以为云薄漏日，日照雨滴则虹生焉，今以水噀日，自侧视之则晕为虹。

——《月令七十二候集解》

白话：

清明及后五日物候：桐树开始开花。桐树有三种，只开花不结果的叫白桐；树皮青色，结出果实的叫梧桐，又叫青桐；果实很大而且含油量很高的叫油桐。清明节开花的是白桐。按照《埤雅》的说法，桐树能够知晓闰年，平常的年份，每个枝条长出十二片树叶，闰年的时候就每个枝条长出十三片树叶——所以说，桐树是能与天地之气共鸣的特殊树种。

清明后五至十日物候：地里的田鼠化为鴽鸟（鹌鹑）。《本草》《素问》等书说，鴽，就是鹌鹑，像鸽子但比较小。鲍氏说，鼠生于地下，属于阴类；鴽飞于天上，属于阳类。到了清明节，阳气大盛，所以田鼠就化作了鴽鸟，这就是阴被转化为阳了。

清明后十至十五日物候：雨后开始出现彩虹。注疏说，虹是阴阳交会所产生的气，所以早期的读书人认为云彩太薄漏下阳光，太阳照耀雨滴的时候虹霓就产生了。现在用嘴含水朝着太阳喷出就能看到一道像彩虹的光晕。

节气五

万物洁净，天地清明

《历书》上这样记载："春分后十五日……为清明。时万物皆洁齐而清明，盖时当气清景明，万物皆显，因此得名。"

春分，是白天和黑夜等长的时刻。春分之后，蒙阳光的慷慨赐予，寒冷渐渐地被温暖所取代——假如有一个寒冷与温暖均分的时刻，这大概就在清明和谷雨之间。就清明这几天而言，正午的阳光，开始需要用半透明的折伞来遮挡；而晚上的凉意，还需要厚厚的被褥才能抵御。

乍暖还寒时候，最动人心。

此刻，万物不再生活在对春的遥远憧憬中，而是直接生活在最盛大的春天里。

木本花卉的奇迹还在延续。白色的玉兰已经凋零；但辛夷，也就是紫色的玉兰，开得正当时候。樱桃花早就谢尽，绿叶间结出了精致的嫩绿小铃铛；但樱花，这人类培育出来只为欣赏它的短暂与绚烂的花，正一边怒放着，一边凋零着。贴梗海棠和木瓜海棠萎谢了；西府海棠和垂丝海棠，却正与樱花争夺着这个季节里娇艳女王的桂冠。桃花与梨花，一半属于园林和风景胜地，一半属于山野和果园。而统治北方的，则是杏花。是谁杜撰了"杏花春雨江南"这样的绝句？事实上杏花统治的是北方的大地，那集娇艳、灿烂、缤纷于一身的杏花啊！牧童遥指杏花村，是哪个村庄呢?其实每一个保留着杏树和酒肆的村落,无论是在唐朝还是在今天,都值得我们进去一醉,且不能只是念那几句"清明时节雨纷纷,路上行人欲断魂"的蹩脚诗句。

与死亡无关,清明原本只属于春天,属于二十四节气,属于万物洁净、天地清明的这些日子,属于想要放飞风筝和心灵的儿童与少年。

万物涌现,不只是最吸引蜂蝶和游客的无尽的花朵啊。落叶树的新叶此刻正无限美丽,再没有比它们更配得上"洁齐"这两个字的生灵了。柳啊,枫啊,槭啊,杨啊,以及带着残花和新果的无数果木啊,深深浅浅的新绿里,夹杂着令人惊奇的些许红晕。但你若聆听得更仔细些,将会发现一个更浩大的工程,正由那些常青树们在进行着:它们将在这些天里,一边脱下坚持了一个冬天的苍绿旧衣,一边换上并不耀眼的明亮春衫。这是和平年代士兵们的退伍,以及又一批新兵的入伍。没有锣鼓喧天的欢送,没有大悲大喜的剧目,在满目繁华的春天中,还有多少人也曾注目?只有觉悟到这个世界运行真谛的少数,才会以同样的敬意与爱恋,凝视着这些无名英雄们的登场与落幕。

园林,只是人们为了自己的眼目,而堆砌、雕琢出特殊的繁华。真正的春天在旷野。

那里,有无限的蛙鸣,现在不仅白天歌唱,而且晚上也开始彻夜狂欢。各色各样的鸟儿,唱出各自长长短短、高高低低的调。

这是万物恋爱与婚姻的时节,无论是植物还是动物,所有的爱恋与婚礼都设计得轰轰烈烈,投入了它们生命的全部——全部

的美丽,全部的热情。这是精打细算的人类所无法明白的,而人类自身,正是借着亿万年来这样精彩的演义上演不休,才得以最后登场。

那些城外的大地属于油菜花——那比冰冷的黄金不知要美丽多少倍、贵重多少倍的金黄。是农民耕耘了土地,播下了菜籽,但只有造化才能几乎一夜之间让它们铺满大地。

荒山则属于杜鹃花,遥想古人把清明前一天定为寒食节,规定在寒食节禁火,又能拿这漫山遍野烈火般燃烧着的花朵怎么办?乡下人把它称为"映山红",这才是最传神的命名。

杜鹃本是一种候鸟的名字。杜鹃啼血,啼来的也只是这漫山遍野的映山红——清明的物候,居然被写成了一个动人的神话。

而当杜鹃从南方路过北温带的土地,"布谷布谷"地啼唤着,那就仿佛是农神派来了信使,宣告新一年农事的正式开始:水牛和铁牛们拖着沉重的犁,垦开沉默已久的土地;鹭鸶们跟随其后,享受着十分难得的不劳而获;早的种子已经在水里浸泡,中国人已经重复了一万多年的农耕戏剧,又再度在大地上演。

这个日子,部分人类选择了去祭奠祖先,而全部的生命都在创造着未来。

节日
寒食：被易容的新火节

1

正像清明节最有名的诗歌是唐朝杜牧的《清明》一样，寒食节最有名的诗歌是唐朝韩翃的《寒食》：

春城无处不飞花，

寒食东风御柳斜。

日暮汉宫传蜡烛，

轻烟散入五侯家。

两位作者都是唐代诗人，两首诗都清晰地说出了那个节日的特有意义。如果说《清明》一诗是后来所有清明时节的风格奠基者，那么《寒食》这首诗，就是对遥远时代传承下来的寒食节仪式进行传神的刻画："日暮汉宫传蜡烛，轻烟散入五侯家。"

在这个仪式里，从皇宫中传出刚点燃的蜡烛，分送到各个王侯将相的家里。

但好端端的，为什么要做这种麻烦的事？

2

一如节日名字的字面意思，寒食也就是冷食。但吃冷食本身不是仪式，更不是目的，而是仪式所带来的副作用。

这个仪式的前半部分就是"熄火"，或者说"禁火"。没了火，自然只能吃冷食物。

为什么要禁火？

几乎所有中国人都知道介子推的故事。据这个故事，为了纪念介子推的忠诚和牺牲，人们因这一天介子推被火烧死在绵山（介山），所以以后就在每年的这一天禁火，以示忏悔和敬意。据记载，山西一些地方寒食节吃冷食竟长达一个月之久。

凡事过了头就成了大麻烦，长时间的冷食，当然严重损害人们的健康，影响生活、劳动，延滞经济发展。所以务实的曹操曾经禁止过这个陋习，他发布了这样一道《刑罚令》："闻太原、上党、西河、雁门，冬至后百有五日，皆绝火寒之地，老少羸弱将有不堪之患，令人不得寒食，若犯者，家长半岁刑，主吏百日刑，令长罚一月俸。"

本来，禁火只是个特殊的仪式，寒食只是执行这个仪式的副作用而已。现在人们居然积极地长期吃冷东西，能不让明白人着急吗？

3

介子推的忌日到底是哪一天？

我们知道正常情况下，人的诞生和死亡，都有明确的年月日，后人缅怀与纪念，都是按照这个年月日来进行的。可寒食节却是如曹操《刑罚令》中所注明的那样，是冬至后百又五日（105天），这显然露出一个大大的漏洞——这不太可能就是一个人的忌日。也许和端午一样，它也是把一个原本因其他原因而存在的节日，拉来移作对某位英雄或圣贤的纪念。

非常巧的是,这个原有的节日确实也和火有关,也需要禁火,也就是说,它会带着寒食的后果。

只是在最初的那个节日里,禁火本身也不是目的,而是必要的手段。真正的目的是"创造新火"。韩翃诗句里的"日暮汉宫传蜡烛",这传送的就是刚刚生起的新火。寒食,从开始到结束大概只需一天。仪式的前半部分,是熄灭所有的旧火;仪式的后半部分,是点燃新火相互传送。新火升起之后,就可以享受热腾腾的美味了。

正像北宋苏轼《望江南·超然台作》下阕所写的那样:

> 寒食后,
> 酒醒却咨嗟。
> 休对故人思故国,
> 且将新火试新茶。
> 诗酒趁年华。

4

有意思的是,关于寒食最早的可靠文献,居然是在《论语》中。《论语》中有一段宰我和他老师孔子的著名争鸣,是关于三年之丧的。宰我认为父母死后,守三年丧太长,守一年就足够了。他说:"三年之丧,期已久矣……旧谷既没,新谷既升,钻燧改火,期可已矣。"

为表示一年的时间长度,他用了两处修辞,一是"旧谷既没,新谷既升",二是"钻燧改火"。谷类有夏熟、秋熟多种,而钻燧改火最初似乎也并不只有春天一次。

唐代的李涪论述说:"《论语》曰:'钻燧改火。'春榆、夏枣、秋柞、冬槐,则是四时皆改其火。自秦以降,渐至简易,唯以春是一岁之首,止一钻燧。而适当改火之时,是为寒食节之后。既曰就新,即去其旧。今人持新火曰'勿与旧火相见',即其事也。"

这段讨论中有寒食仪式的重要信息:我们知道到了唐朝,人们仍然强调新生的火种不要和以前的火相遇;宰我讲的"钻燧改火"可能并不是特指后世的寒食节,而是一年四次火种的更替,就像四季的更替那样;四季都用钻木的办法来取火,所用的木材是不一样的……

5

现存的《周礼》,托名周公旦制订,其实是一本后世编写的书,比《论语》要晚。但不管这里有多少是出于后儒想象,有多少是有所依据的还原,对我们今天研究古代的政治和生活,它都有重要的参考价值。

《周礼》中记载了一种叫"司烜氏"的官职,职责主要是"掌以夫遂取明火于日,以鉴取明水于月",以及"中春,以木铎修火禁于国中"。前一个职责,是要用一种叫夫燧(阳燧)的铜镜,在太阳下取火,这火很神圣,是用于重大祭祀的。至于"以鉴取明水于月",也就是用铜盘在夜里接点露水,那就没什么难度了。后一个职责,是在仲春摇着木铎(铃铛),在邦国里走动,提醒大家"火禁"。春天多雨,这时候提醒火禁显然不是为了防止火灾,因此我们可以猜想,他的职责,以及"火禁"可能与"钻燧改火"有关。反过来说,如果宰我所说的"钻燧改火"需要有个主持人、负责人,那么不是这个"司烜氏"又能是谁呢?

而且"司烜氏"这个名字本身也蕴含着某些密码。司,就是掌管的意思。司马,字面意思就是掌管马匹;司空,字面意思就是掌管工程;司寇,字面意思就是掌管国家安全。司烜,就是掌管"烜"。烜这个字很少见,意思都和火有关。用造字法解析,它就是亘火。亘(亙)就是"恒"的初字,如我多次解释的那样,它取象于月亮的圆缺变化,进而生出永恒的意思。那么"烜"就是永恒且轮回的火,这和"钻燧改火"是何等贴切。

从上面我们还知道:在战国时代,人们取火的手段,除了用燧石敲击取火外,还有钻木取火这样最原始的方法和用曲面铜镜聚焦太阳光这样很高级的方式。

为了不让旧火混入新火中,一定时间的禁火是必需的。禁火半天以上,就必然带来寒食。

寒食不是目的,禁火也不是目的,获得纯正的新火才是真正的目的。

6

如果有人留着旧火,不用新火,或把旧火混入新火中会怎样?

想想山西人在介子推纪念日每年有长达一个月不敢吃热食的原因就不难推测,这与其说是为了纪念介子推,不如说是害怕因此触犯了神灵。正如南朝范晔在《后汉书》中所说："太原一郡，旧俗……至其亡月，咸言神灵不乐举火。"

在无神论成为世界主流思想之前，禁忌的力量远远超乎现代人的想象。我们姑且参照中医作一次想象：如果把火想象成生命力量的根源，那么旧火烹饪的食物，能带来的就是过去的旧力量，而新火烹饪的食物，能带来的就是今天的新力量。你会选择怎么做？今天《黄帝内经》的追随者们，已经给出了答案。

所以到唐代，寒食禁火的习俗仍然相当浓厚。唐朝沈佺期的《寒食》写道：

> 普天皆灭焰，
> 匝地尽藏烟。
> 不知何处火，
> 来就客心然。

"普天皆灭焰，匝地尽藏烟"，只怕不是诗人的夸张，而是当年的事实。

7

为什么历史上人们对寒食的解释，最终选择了纪念介子推，而不是钻燧取火？

这可能是因为对普通百姓来说，抽象的力量永远比不上形象的力量。

《易经》或《黄帝内经》式的阴阳之理，对古人来说哪里比得上神灵的恩赐与愤怒？看看今天庙宇里昌盛的香火，就可以知道神灵不是完全消失。

用一套抽象的哲学来解释，注定是不得民心的。想要让人民大众接受，就得用活生生的形象，最好有活人的牺牲和神灵的愤怒。

8

从新火节到介子推，从自然崇拜到对英雄与圣贤的纪念，古老的中国火节已经有了一次易容，而更深度的易容来自更为普遍的另一个习俗：祖先崇拜。

除了山西人，其实大多数人对介子推还是感觉很遥远。孔子有"非其鬼而祭之，谄也"的教诲。既然介子推不是我们的祖先，那么除非他升为神灵，否则我们就没理由祭拜。所以寒食节的仪式最终不是对介子推的祭拜，而是对自己祖先的祭拜。

佛教传入中国之前，中国人并不采纳轮回转世的说法。依据古老的传统，人死后就成了"鬼"，他和神灵一样有着灵力，可以决定自己后代的命运。而祭祀，既增长他们的灵力，又能够赢得他们的欢心，换取他们的保佑。

所以，在坟上插柳条意寓重生的习俗并不普遍，而且也不会是原初的。更简单的理由，那就是春天到来，草木丛生，人们希望为祖先们的居住地作一些必要的修整，同时作一次酒食的供奉。

这样的扫墓和供奉并不一定是悲悲戚戚的，关键在于要体现出足够的诚和敬，仿佛祖先就站在自己面前。

所以，寒食节或清明节本身没有规定人们要悲伤或者喜悦，一切取决于各家、各人的境遇。祖先过世久远的,扫墓也就是纯粹的春游,估计年轻人会欢天喜地;假如亲人刚刚过世,或者觉得自己愧对祖先,那么这个时节就难免忧伤乃至断魂了。

9

寒食节到底在什么时候?

许多典籍清晰地指明:冬至后一百零五天。有人说早于清明节一天,有人说早于清明节三天。可清明也是依据冬至来确定的,每十五天一个节气,从冬至到清明,需要经过七个节气,正好也是一百零五天!因为节气是把一年均分为二十四份,所以几个节气之间,可能会有多一天或少一天的变化。也就是说,从冬至到清明,少的时候可能会是一百零四天,多的时候可能会有一百零六天,但大多时候应该正好就是一百零五天。

也就是说,寒食和清明,从历法的角度,有着完全相似的来源,落在几乎相同的日子。只不过清明是从二十四节气来推算的,而寒食,是二十四节气还没成熟前的一个更古老的新火节,而后来,它又成了在民间慢慢流行起来的扫墓日。

节日
清明：假装生活在唐朝

讲清了寒食节的变迁，基本也就讲清了清明节的大概。

但无论是寒食还是清明，我们发现，奠定我们理解的，甚至影响我们感受的，主要是唐朝的制度和文化。

从全球的眼光看，我们是汉人，更是唐人。而无论是汉还是唐，我们的首都都叫长安。对西方人来说，丝绸也罢，瓷器也罢，茶叶也罢，都来自一个遥远的国度，它叫 China。那一群人，有时自称大汉，有时自称大唐，后来还自称大宋、大明或者大清。

假如我们生活在唐朝，我们会遭遇一个怎样的寒食清明节？

首先，我们在寒食清明节会有一个不错的假期，短则三天，长则五天。

唐朝的公文里，寒食与清明不仅并称，而且放假就并在一起。事实上，唐朝人是把清明节气的前一天称为寒食，而不再用距冬至一百零五天来计算。

通过诗词，我们能穿越时空隧道，漫游唐朝，看到一千多年前这个节日的风景和人情。

当寒食节和清明节连在一起，清明最重要的一个仪式，事实上就是"用新火"了。

据一首著名的寒食诗的描写，说原来在寒食节傍晚的时候，皇宫里率先生起新火，并派侍卫和内臣依次分送到在长安的文武百官家里。最先被赐予新火的,当然就是皇亲国戚们。

这也就是唐朝韩翃最著名的《寒食》一诗后两句所描绘的情景:"日暮汉宫传蜡烛,轻烟散入五侯家。"

另一名唐朝诗人郑辕在《清明日赐百僚新火》一诗中,有着更翔实的描写:

> 改火清明后,优恩赐近臣。
> 漏残丹禁晚,燧发白榆新。
> 瑞彩来双阙,神光焕四邻。
> 气回侯第暖,烟散帝城春。
> 利用调羹鼎,余辉烛缙绅。
> 皇明如照隐,愿及聚萤人。

和韩翃诗里寒食节傍晚分送蜡烛不同,这首诗钻燧改火和分送蜡烛的时间都是在清明节的凌晨:"漏残丹禁晚,燧发白榆新。"漏残,表示夜晚即将过去;丹禁,指的是皇宫。

"瑞彩来双阙,神光焕四邻。"瑞彩,比喻新火,和后面的神光是同一个意思;双阙,指的是皇宫。皇宫里恩赐下来的神光瑞彩,来到我家,照亮了四邻——其实暗指让四邻羡慕惊艳。

"利用调羹鼎,余辉烛缙绅。"新火到了,赶紧一边用它烹调食物,一边把它分给朋友、邻居。

分新火不是分食物,只需一支蜡烛,就可薪火相传,不断地点亮整个旅途中所有的蜡烛、火炬和灯笼。这样一种星星之光不断扩展的场景,现在想起来,依然十分美好而且神圣。"气回侯第暖,烟散帝城春"两句中的暖意和春色,恐怕都不来自自然气候,而来自新火的光明和热食的温暖——而新火，又是皇恩的象征。

但老实说，郑辕的应制诗写得实在不够好，无非就像《清明上河图》，逼真地刻画了当时的场景，这恰恰是以抒情和写意为主的诗歌所不具备的。这样的诗和画，对想从诗歌中考点古的人特别有用。

相比之下，唐朝窦叔向的《寒食日恩赐火》一诗，就把自己作为一名小臣接受新火恩赐时的情景和心境都写得相当不错：

恩光及小臣，华烛忽惊春。
电影随中使，星辉拂路人。
幸因榆柳暖，一照草茅贫。

其中"电影随中使，星辉拂路人"这两句，如果脱离了语境，会以为是今天电影明星的故事，而其实它刻画的正是内监带着蜡烛在路上匆匆行走的情景。

除了想得到皇帝恩宠的臣子，大概只有上了点年岁，有了深厚的历史意识，才会在乎新火的仪式。

对大多数唐朝的年轻人来说，这恐怕是比较没劲的一件事。

他们会玩些什么？骑马，马球，蹋鞠（蹴鞠，中国古代的足球），秋千，斗鸡，喝酒……

说好的寒食清明节扫墓去哪了？

下面这个故事颇能说明问题：

一天，有人找到一位会移山大法的大师，央其当众表演一下。大师在一座山的对面坐了一会儿，就起身跑到山的另一面，然后就说表演完毕。众人大惑不解。大师道："这世

上根本就没有移山大法，唯一能够移动山的方法就是：山不过来，我就过去。"

这个故事让我想起皇帝们的圣旨：顺应民意的，自然水到渠成；一意孤行的，最后还是会在时间中破碎。

几年前，为了研究唐朝人寒食节和清明节的生活方式，我翻阅了许多资料。结果很混乱：有寒食节上坟的，有寒食节踏青郊游的；有清明节邀歌妓喝酒的，有清明节扫墓痛哭的……

但唐朝确实有圣旨规定清明扫墓的。

我本以为可能是因为大家或悲或喜，有点凌乱，所以需要统一一下。结果发现根本不是这么一回事，事实是：本来对朝廷而言清明只是一个节气，寒食节只是钻燧改火节（我简称新火节），但因为越来越多的百姓习惯在这几天上坟，有渐渐演变为扫墓节的迹象，所以皇帝就顺水推舟，定寒食清明节为上坟扫墓、祭拜祖先的日子，借机给大家放个大长假——但并未规定不可以嬉游玩乐。

唐玄宗开元二十年（732年）下诏："寒食上墓，礼经无文，近世相传，浸以成俗。士庶有不合庙享，何以用展孝思？宜许上墓……仍编入礼典，永为常式。"

这道圣旨，也就是典型的"山不过来我过去"的法术。

一直到宋朝，清明节依然是个想嬉游就嬉游、没人觉得你对不起祖宗的特殊的扫墓节。如果只以诗歌为依据，那就是从唐朝开始，基本上随着时间推移，清明节的快乐越来越少，悲伤越来越多。

我个人认为其中一个原因就是，诗歌在广泛的吟诵中，对中国人进行着关于清明节的特定的心理暗示，年复一年，最后它终于塑造出这个节日的特定颜色——由最初的色彩缤纷，最后只剩下一片雨的清冷。比如下面这首：

清 明

［唐］杜牧

清明时节雨纷纷，

路上行人欲断魂。

借问酒家何处有，

牧童遥指杏花村。

"我"，也就是"路上行人"，为什么会"欲断魂"？

有人依据唐朝人清明节出游的习俗，说是"雨纷纷"不好玩。但写成"欲断魂"，恐怕不会是玩不成的原因吧！

有人依据"路上行人"这四字，认定诗人当时漂泊在外，每逢佳节倍思亲，想到了故乡的亲朋好友，无限过去的乐事，所以"欲断魂"了。

我个人曾依据杜牧或大多数文人的处境，拟想他们一定觉得自己壮志未酬，甚至一事无成，所以愧对先人，"欲断魂"。这样解读，依据的是"我"和"祖先"在"清明祭祖"这样一个特定的场景中相会时的境遇。

但就杜牧而言，他确实比一般诗人更会自我解脱，所以最后不堪这种心灵的拷问，向牧童询问哪里可以沽酒一醉，以此解脱。牧童指向了一处杏花盛开的村落。

杏花村，不是一个村名，而是杏花盛开的那个地方、那个村落。唐朝清明的物候，大致和今天一样，菖蒲发芽，青草如茵，杨柳依依，桃李和杏花依然繁盛……

诗人到底为什么断魂？这和诗人到底是不是杜牧一样已经不重要了。

重要的是在反反复复的吟哦中，这首诗告诉我们"清明时节，雨纷纷，欲断魂"。

无论清明那天有没有下雨，无论那天我们本来有多开心，但反复吟哦的诗句把我们都变成了路上的行人，变成了不知道为何却仿佛断魂的后人，而雨，也一直淅淅沥沥地下在这个日子，一下就是上千年。

那么多写寒食和清明的诗歌，为什么是这首最为广泛地流传？人们为什么选择了它？这是历史的偶然，还是某种必然？我不知道。

我能知道的是：原本习俗与圣旨都说是寒食扫墓的，为什么最后变成了清明扫墓？

答案很简单，寒食禁火，不能焚烧纸钱，不能焚烧的纸钱如何能到黄泉使用？

所以最初寒食确实只有扫墓：清除些杂草，加一点新土。但正式成为祭祖的日子之一后,就得上酒食、焚纸钱。寒食禁火,不能做这些;清明正好钻燧改火,那就连同新火一道,都去献给祖先吧。

所以寒食节的一切因素,先是两节混杂,再是优胜劣汰,最后就全部转移到了清明节。

一道圣旨,让清明扫墓的习俗,由民间走向官方——最有力的语言,顺应了人民的想法。

一首唐诗,让缤纷斑斓的清明节,渐渐变成单色,变得清冷——最柔弱的语言,改变了后人的心灵。

谷雨

谷雨释名

谷雨，三月中。自雨水后，土膏脉动，今又雨其谷于水也。雨读作去声，如"雨我公田"之雨，盖谷以此时播种自上而下也。

——《月令七十二候集解》

白话：

谷雨，是三月的第二个节气。从雨水节气之后，泥土开始脉动，现在天空又降下利于百谷的雨水。雨原来读作去声，表示降雨，和"雨我公田（降雨到我们的公共庄稼地里）"中的"雨"是一个意思。此时正是谷物播种的时节，这是大地顺应上天的结果。

谷雨三候

（初候）萍始生。萍，水草也，与水相平，故曰萍。漂流随风，故又曰漂。《历解》曰：萍阳物，静以承阳也。

（二候）鸣鸠拂其羽。鸠，即鹰所化者，布谷也。拂，过去也；《本草》云：拂羽飞而翼拍其身，气使然也。盖当三月之时，趋农急矣，鸠乃追逐而鸣，鼓羽直刺上飞，故俗称布谷。

（三候）戴胜降于桑。戴胜……《尔雅注》曰：头上有胜毛。此时恒在于桑，盖蚕将生之候矣。

——《月令七十二候集解》

白话：

谷雨及后五日物候：浮萍开始布生于水面。萍，是一种水草，因为与水相平所以称它为萍，浮萍在水面随风漂流，所以又称为漂（藻）。《历解》说：萍属于阳性生物，它在水面静静生长以承受太阳之气。

谷雨后五至十日物候：布谷鸟拂拭羽毛。布谷，就是鹰所化的鸟。《本草》说：（到这个时候，布谷鸟）拂拭羽毛，用双翼拍打身体起飞，这是阳气充溢布谷鸟使它不得不这样做。谷雨正当三月农事紧急、播种谷物的时候，布谷鸟恰好在这个时候相互追逐，鸣叫，鼓荡羽翼直飞天空，所以人们就称它们布谷鸟。

谷雨后十至十五日物候：戴胜鸟降落在桑树上。《尔雅注》解说，戴胜鸟得名的由来，是因为它头上有胜毛（突出的、冠状的羽毛）。在谷雨这个时候，它们经常活动在桑树林，这正是蚕即将出生的征候。谷雨时节的物候最主要特点是鸟类活动的频繁，这大概是因为虫子活动、繁殖，正好为鸟儿的交配、繁殖提供了条件。

节气六
万木青葱，百谷萌生

大地上最辉煌的一场战争胜负已分：寒冷完败，温暖全胜；枯黄溃退，绿色占据了大地的每个角落……

花的事业还在延续：紫藤从高处挂下一道道紫色的水瀑；牡丹和芍药，这自信满满、姗姗来迟者，却赢得了赏花人格外的礼遇。

但大多数花早已落尽，只不过，树木并没有像诗人那样感伤，因为花儿的爱情终于有了结果——"结果"。严格的字面意思：结出果实。最早开放又最早凋零的花朵，梅花和樱桃的果实几乎已经可以食用；而桃啊、杏啊、李啊，正一天天地用阳光和雨水，充沛着每一枚爱情的果实。

雨水，那还是上上个节气的事了。从那时开始，天空就一直慷慨地赐予大地以雨水，雨水唤醒了万木，此时没有一棵树尚未青葱。"万壑树参天，春山响杜鹃。"这诗句里响着溪水如瀑的声音，开着杜鹃似血的花朵。而满山满坡的新树，漆黑的树枝上点缀着深深浅浅的新绿，就像趁着浓墨画出的树枝水分未干，用石绿和石青精致地点上了每一片新叶——这是何等浩大又何等细致的工程，唯有造化才能完成。而造化完成这一切的奥秘，无非就是让万物自成。

鸟儿们、青蛙们的恋爱正陆续结束，树荫里、池塘里的鸣叫慢慢变得安宁。

"农事蛙声里,归程草色中。"庄稼的事业是农人们的,诗歌的事业是旅人们的,他们是大地上的主人和客人,是每一个冷暖和阴晴的日子最敏感的捕捉者和歌唱者。是他们,共同把这个日子命名为"谷雨"!

谷,繁体应写作"穀"。清明后十五日为谷雨,三月中,言雨生百谷,清净明洁也。

穀,从字源上看,它记录的乃是一个动作:敲击成熟后收获的"禾",使它脱粒,使它去壳,然后它就正式成为人类最普遍的食物。

一万年前,在两河流域,人类驯化了麦子;在长江流域,人类驯化了水稻。随后又在各地驯化了黍、稷、高粱、玉米……

古汉字的"麦"字,写成 𠂉,上面是成熟的谷物"禾",下面是一个表示迎面走来的"止"(也就是脚)。商朝的先人们用这个文字告诉我们,他们知道麦子来自远方,是多么美好、多么珍贵的舶来品。

"雨生百谷",谷雨前后,绵延数十天的雨水,滋润的自然是所有的谷物,但在命名"谷雨"这个名字的先人那里,其实这谷物主要是指一种特殊的"禾谷":水稻。有人说商朝的甲骨文里并没有"稻"这个字,可是在稻这个字之前,它一定曾有过一个简洁而美妙的名字。

难道古人就不可能用"禾"这个字,来指称这种商朝最重要的谷物吗?

如果真是这样的话,那么商朝一代代君王向上天和祖先祈祷恳求的"雨",就主要是为了滋润这种极端依赖雨水的"百谷之王"。

"整秧田,不用问:田平如镜,泥烂如羹。"这句农谚是现代的,但是这些农民的技艺,却已经传承了上万年。

绿油油的,又正开着美丽花朵的紫云英地,直接被水牛拉着沉重的犁,翻到了黑黑的土下,灌满水,沤烂上一些时日,就成了最肥沃的稻田。

而与此同时,早稻的种子也已经在室内温水里浸泡,萌芽后,播在细细的泥地里,直到它长到一把来高。然后,插秧的时刻就来到了:"一把青秧趁手青,轻烟漠漠雨冥冥。东风染尽三千顷,白鹭飞来无处停。"这是南宋诗人虞似良的诗句,今天读来依然亲切自然,仿佛就是描绘了眼前的风景。唯一的区别就是:插秧的,不再是躬着身的农民,而是人类驾驶的机器。

秧苗是农民们播种的希望,而文人想要收获诗句,也得播种些什么吧!谷雨,据说还是仓颉造字的纪念日。这是多么美好的牵强附会啊,我们也愿意在这样的春天里,平整好自己的心田,播种下汉字的幼苗,直到它们长成诗句,长成文章。

一些农人转行成了渔民,但他们忘不了这个珍贵的播种纪念日,所以,谷雨这一天,也是祭海捕鱼的日子。本来嘛,万物蓬勃,在平静的海面下,鱼儿们也一样和大地上有着迁徙、爱恋、繁殖的故事,而决定这一切的,同样是阳光。大地转暖的时节,也是河水和海洋转暖的时节;昆虫蛇蛙们狂欢的日子,也正是鱼虾螃蟹们狂欢的日子。

如果说清明最美丽的树是柳,那么谷雨最迷人的树就是茶了。

其实，茶叶无疑一直就是中国最神奇的树叶。"正好清明连谷雨，一杯香茗坐其间。"被茶农们整治得整整齐齐的茶树，被雨水冲洗得干干净净的新芽，再经过烘干和烤焙，经沸水一冲，就成了这个春天里最清香鲜洁的饮品了。

但还有一种树，可以对"谷雨最迷人的树就是茶"提出异议，可以对"茶叶无疑一直就是中国最神奇的树叶"提出异议，这就是桑树。谷雨前后，桑树完全展开了它们的新叶，等候着蚕宝宝们从细细的卵中孵化。桑树把阳光和雨水变成鲜嫩可口的桑叶，蚕儿把鲜嫩可口的桑叶变成洁白透亮的蚕丝，再由嫘祖们、西施们、织女们，把它们织成耀眼夺目的丝绸。

无论是茶叶还是丝绸，甚或水稻，都是中国这片土地上的农人，对整个世界的贡献。男的，曾经都叫牛郎；女的，曾经都是织女。上巳节属于诗人，清明节属于游人，而谷雨，只属于这些牛郎和织女们。是的，这个日子留下的好诗并不多，即使有一些，也必将黯然于稻米、清茗、丝绸之前。

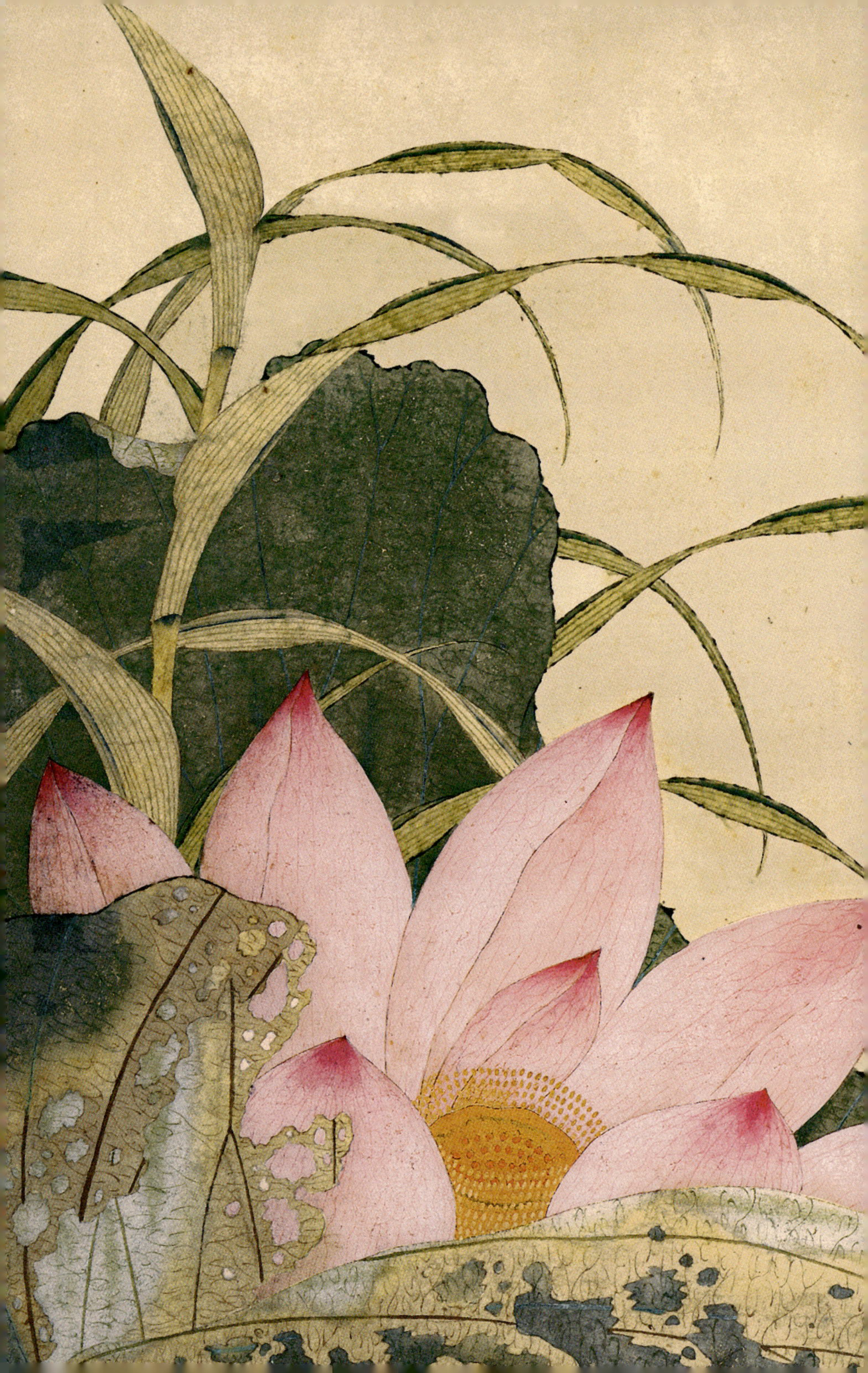

夏

大暑　小暑　夏至　芒种　小满　立夏

立夏

立夏释名

立夏，四月节。立字解见春。夏，假也。物至此时皆假大也。

——《月令七十二候集解》

白话：

立夏，是四月的节气。立的意思，参照"立春"，是开始建立的意思。夏的诗意和意思，和"假"相似，（假的一个意思是大，《诗·大雅·文王》中之"假哉天命"就是"大哉天命"的意思。）万物至夏天这个季节都呈现为"大"。

立夏三候

（初候）蝼蝈鸣。

（二候）蚯蚓出。蚯蚓即地龙也，《历解》曰：阴而屈者，乘阳而伸见也。

（三候）王瓜生。

——《月令七十二候集解》

白话：

立夏及后五日物候：蝼蝈开始鸣叫。

立夏后五至十日物候：蚯蚓开始爬出泥土。蚯蚓又被称为地龙，《历解》说蚯蚓在阴气盛时就弯曲起来，阳气盛时就伸展舒张，出现在人们面前。

　　立夏后十至十五日物候：老鸦瓜的藤蔓开始伸展成长。

节气七
从此草色遍天涯

除了太阳，一切似乎都安定下来了。

花朵是草木的爱情，到立夏这一天，绝大多数已经"修成正果"。

"红了樱桃，绿了芭蕉"，这八字活脱脱写出江南立夏节气的风景。樱桃不是开得最早的花，但它小小的果实似乎并不需要太多的阳光，于是就一跃成了最早成熟的果实。而芭蕉是最巨大的叶子，此刻终于完全地舒展，似乎为即将到来的盛夏，提前准备好了清凉的扇子。

杏子、李子、桃子、苹果……越是大个的水果，越需要充足的阳光。花朵的演出是灿烂而短暂的，而果实的事业却是安静又漫长的。大多数花朵先叶子的萌芽而绽放，为的就是能赢得更多的日子，汲取更多的阳光。所以叶子们就是果实们真正的乳母，它们一天天地把阳光和空气，转成神秘的甘甜。

油菜花地，正在神奇地把昔日辉煌的金黄变成沉默的青铜；而麦田则刚好相反，无数青铜的戈矛，正酝酿着想化为黄金。

但金黄或是昨日的辉煌，或是明日的风景，此刻统治大地的，是绿色。

唯一一次，北方的土地极短暂地以绿色盖过了南方：麦秀风摇，稻秀雨浇。此刻麦田的麦子风华正茂，稻田里的稻苗却像刚入幼儿园的小娃娃，大半个矮身子还没在一片水光之中。

不同于庄稼地里的"田"字格风景，山野间则是难以形容的高高低低、深深浅浅的绿，夹杂着无数其他色彩的绿——但最多的还是鲜嫩的浅绿，是落叶树刚刚完全长成的新叶和常青树刚刚更换的新衣。

蚕宝宝破卵而出，贪婪地啃食着桑叶，飞速地成长着——想象一下，无数棵树上有各色各样的毛毛虫，以同样的速度在成长！

此刻很难再看到一树树夺人耳目的花朵，杜鹃、紫藤、桐花之后，占据大江南北的是槐花，饱满但不嚣张，野趣而不野性，很少有诗人为这滞后的花朵而赋诗了，但它却是村民们、蜜蜂们的美食和盛宴。还有攀缘在绿树间、河岸边的蔷薇，刚刚开始的金银花和石榴花……无论罗列多少花的名字，这世界毕竟已经是属于叶和果实的了。在绿叶的围堵下，大多数花不再选择夺目的红紫，而改成了洁白与淡粉，一树繁花的风景基本上不再出现——除了山岩间的流苏花树和灯盏花树，以及园林里人工培育的那些花树。现在山野间花朵们的策略是小家碧玉的选择：清纯，清香，不拥挤，不急迫，稀稀疏疏地点缀在无穷无尽的绿色世界里。

鸟鸣蛙唱是动物们的爱情歌咏，此刻也渐近尾声，大多数由爱情步入了婚姻。"林莺啼到无声处，青草池塘独听蛙。"潺潺的溪流里将游动着黑黑的蝌蚪，而遮天蔽日的新叶，也为正在孵化的小鸟提供最好的庇护——此刻，大鸟艳丽的羽毛和动人的歌喉已经成为会招来敌人的风险，树林安静下来的时候，正是无数雏鸟在悄悄成长的证明。

070

立夏，就是说夏天就此开始了。在立春那一天，春还只是个不再遥远的希望。而到立夏这一天，夏的身影其实已经在前些日子的正午阳光下闪现。

夏天对北温带而言，就是暂时地把赤道移到了北方。近乎直射的阳光，越来越长的光照，植物们一刻不息地把阳光转化为地球生命的食粮。

对那些冬眠的冷血动物来说，夏天就是最舒畅的时光，无尽的阳光和温暖，让它们充满了活力。而学会了用体内燃烧的方式抵抗寒冷的生命，比如人类和狗，这过量的热，就成了难以招架的酷暑。

所以人类对于夏天是爱恨交加，这将是食物最丰盛的季节，也将是酷热难当的日子——如果不是因为禁忌和礼仪，被称为裸虫的我们，其实已经进化出了变通的办法。

古老的禁忌在慢慢打破，衣服越来越多地成了人类后天装备的美丽羽毛。夏天，将是年轻的女性们漫长的化装舞会。最艳丽的花朵，最动听的歌声，这个季节将不再显现于田野，而显现于摆脱了严寒和禁忌的人类。

而对昔日江南的孩子来说，步步走近的夏季还有另一件更美妙的事儿：下河洗澡！

下河的信号已经发出：淡紫色的楝树花盛开了——等它凋谢的时候，就可以整天泡在水中了。

小满

── 小满释名 ──

小满,四月中。小满者,物至于此小得盈满。

——《月令七十二候集解》

白话:

小满,是四月的第二个节气。小满,是说草木到了这个节气,初步显得充实——尤其是麦子类植物,籽粒开始灌浆充实。

── 小满三候 ──

(初候)苦菜秀。……《尔雅》曰:不荣而实,谓之秀,荣而不实,谓之英。此苦菜宜言英也。

(二候)靡草死。……方氏曰:凡物感阳而生者则强而立,感阴而生者则柔而靡,谓之靡草,则至阴之所生也,故不胜至阳而死。

(三候)麦秋至。秋者,百谷成熟之期,此于时虽夏,于麦则秋,故云麦秋也。

——《月令七十二候集解》

白话:

小满及后五日物候:苦菜开花了。按照《尔雅》的说法:不开花而结出果实叫作"秀",开花而不结果实叫作"英"。苦菜开花应该叫作"英",而不应该叫作"秀"。

小满后五至十日物候：冬季草开始枯死。方氏说：有些植物感到天气转暖就生长，这些植物往往长得强大、直立；有些植物感到天气转冷开始生长，这些植物往往长得柔弱、萎靡。所以冬季草被称为靡草，它们到了阴气开始强盛时生长，所以还不到阳气强盛时就枯萎死亡了。（这是古人对夏季草和冬季草非常好的区分，水稻属于夏季草，麦子属于冬季草。几乎所有树木都是春天天气转暖时生长，所以方氏说："凡物感阳而生者则强而立。"）

小满后十至十五日物候：麦子成熟的时候到了。秋，指的是所有谷子成熟的时期。小满时候，季节虽然属于夏天，但对于麦子来说却是秋天（成熟的季节），所以称"麦秋"。

节气八
大地繁盛，人类安静

大地繁盛。

蝉声未鸣。

人类安静。

仿佛一场大戏高潮之后，绿色帷幕暂时合拢。

下一幕将上演什么？

谁将登台，做下一场的主角？

北方的大地在作一场史无前例的战备：无边无际的青铜铠甲和青铜戈矛，在未来的一二十天里，将瞬间升级，化为黄金。

这是下一幕的场景。

此刻，青黄相接，小满未满，一切尚在酝酿。

"小满"这个词，再一次暴露了二十四节气的"中原本色"：这个时节，值得用小满来形容的庄稼只有麦子！但南方少量种植的麦子，已经随油菜籽之后成熟，接近"大满"，只有北方和中原的麦子，此刻才是亭亭玉立、小满未满的模样。

五千年之前的中国大地并无麦子，麦子是和"狡兔""油菜"一道，从两河流域远道而来的奇珍异宝。

早在被称为丝绸之路之前，那些游牧于欧亚大陆的民族，就无意中做了文化交流的使者和物品交换的商人。于是，创造了汉字的商族人，就老老实实地用一个"禾"（成熟庄稼的象形）加一个"止"(脚的象形),既表示"麦"字,也表示"来"字。

甲骨文"麦",也就是"来"字。有趣的是简化了的麦字里,保留着"止";简化了的"来"字,保留着"禾"。

"禾",就是谷物成熟的样子;"未",就是谷物尚未成熟的样子。

甲骨文"未",就是谷穗还直立着,没有完全成熟的样子。

其实呢,它或许可以读作"妹"——妹妹,未成熟的女子啊,亭亭玉立的女子啊。

小满时节,麦子将熟未熟——将熟未熟的麦子,写成甲骨文岂不就是"未来"?

太阳越来越正,阳光越来越烈,白日越来越长……是怎样的神奇,怎样的魔术,竟能把整日流淌的阳光,变成越来越丰满的谷穗,再化为可口的馒头和面条?其实呢,点金的手指就是阳光,而变废为宝的材料,则是空气,是动物们呼吸之后的废物——二氧化碳啊。

麦子未熟,麦农未忙,北方的大地等候着一场丰收,丰收的名字将叫作"芒种"。

而江南,此刻是另一番忙碌又安静的景象。

江南四月,小满前后,安静的是花事,忙碌的是农事。

油菜已经收割春粒,即将炼制成菜油。那新油的芬芳,是草木的芬芳,更是食物的芬芳。届时,有油车、油厂的村庄,将弥漫起浓郁的芬芳——可弥散一二十里的,菜籽成油时刻特有的芳香啊。

蚕开始结茧,"小满乍来,蚕妇煮茧,治车缫丝,昼夜操作"。现代蚕业已经无须用农业的方式煮茧缫丝,但只要桑叶还听从阳光,蚕儿还跟随桑叶,那么蚕桑的时节就不会有太大变化。

油车、丝车和水车,古代江南小满节气里特别忙碌的"三车",最普遍的当然是水车——在所有的粮食作物中,最高效能的是水稻,最难伺候的也是水稻。北方少有水稻,并不是不够温暖,而是没有那么充沛的水可以灌溉。江南的小满,满的是水——江里,河里,湖里,田里,池塘里,满盈盈的都是水,而雨还在时不时地下……

北方富足的阳光,江南富足的雨水,造就了不同的物种,不同的庄稼,不同的人民。

假如去岁庄稼歉收,那么这时候就真成了青黄不接的时节。北方小满第一候,是"苦菜秀"。《诗经·谷风》说:"谁谓荼苦,其甘如荠。"这里的"荼",指的就是苦菜。槐花已经凋零,距麦子成熟还有十来天,这时候,正开着美丽黄花的苦菜,就成了过渡的食粮。

但苦菜是北方的风景,南方无垠的绿荫里,此刻零零星星地散落着许多不为人知的花草:蒲儿根,路边黄,还亮草,窃衣,黄鹌菜,通泉草……除了采中药的人,关注它们的人不多,认识它们的就更少,它们仿佛是这个世界的无用之物,多余之草。而它们似乎安于这样的被遗忘,静静地躲在树荫下,享受着自己的爱情和诗歌短章。

此刻，江南本土的上市水果似乎还只有枇杷。这常绿树的花曾寂寞地开在冬天，既不鲜艳，也无芬芳，直到此刻，青涩的果实才渐渐泛黄，但依然足够低调。

小巧玲珑、晶莹剔透的樱桃在上一个节气匆匆红过，此刻绝大多数水果都还在积蓄着营养：梅子未黄，桃李未壮，苹果、山楂、海棠才刚刚结出小小的果子……它们各有各的魔法，一样的夏日阳光，将被它们转化为不同的甘甜和不同的芬芳。

还是有一种花，可以为江南这个时节代言：盛大，安静，悠远。

这就是绣球，尤其是绣球的新品种"无尽夏"。

这是多么安静的花树，时光仿佛凝固在无边的绿荫里，而绣球仿佛在轻轻吐出不再成诗的碎语：无尽，夏；清平，乐……

这是炎炎夏日之前最后的清凉。

这是下一场繁忙之前的短暂悠闲。

此时不浪费，不发愣，时光就真的虚度了。

节日
端午：共享诗歌与习俗

1

我的小时候，物质贫乏到今天难以想象。端午节的粽子，无论是箬叶的清香，还是糯米与红枣的甜糯，以及雄黄、艾草、菖蒲的点缀，都让这个男孩子们刚刚可以偷偷下水嬉戏的日子，充满了美好的回忆。

记不得当时父母提起过谁的名字。很久以后，老师说这是为了纪念爱国诗人屈原。有好事者异议说，端午是为了纪念孝女曹娥——曹娥江就在我家旁边流淌，流入钱塘江。又有好事者说，端午是为了纪念吴越争斗时，被吴王夫差抛尸在钱塘江的伍子胥。

这三个端午节不同的代言人都有一个共同点：漂尸江上。

也就是说，这是多水的江南的故事——南方文化的代表地楚、越、吴正好各有一个。

莫非，这就是老人们编出来吓唬贪水玩的男孩的！

当然这是笑话，更合理的推测，这就是南方的水神节！几十年前，水鬼的传说还遍地流行；而非常人物赴水而死，就不能称水鬼，必须是水神。

端午前后，正是长江流域、钱塘江流域一带人们开始频繁下水活动的日子。下水之前，敲锣打鼓，赛赛龙舟，敬敬水神，吓吓水鬼，赶赶蛟龙、蛇鳄，本就是应该的。

当哲学家把活生生的、有血有肉的"大水""河神"抽象为"天一生水""太一生水"这些概念时,神话的时代就结束了,哲学启蒙的时代来临了。

但民间的老百姓依然不吃这一套,依然我行我素,自顾自祭他们敬畏的神灵,划他们爱玩的龙舟,吃他们爱吃的粽子。

2

长大了,研究点文字,发现端午这个节日的名字本身就是一笔最大的糊涂账。

据说端午节还有二十多个"小名",如端五、端阳、重五、重午、天中、夏节……

所有名字中"重五节"是最容易理解的:五月初五,所以是"重五"——就像九月初九称为"重阳"。但显然这个名字是后起歧出,并不被人们接受。

最不可理喻的是"端阳节",说什么这个时候阳光明媚适合登高——一听就知道说这话的是假江南人。这个时节阴晴不定、蛇虫出没,登高已经完全不是个好选项了——刚才说了,这是一个开始下水的日子,下水,不是登高!

为什么叫"端午"?最普遍的解释是:端表示开端,午是地支记月第五位,也就是五月。

但这个解释显然什么也没说,让人觉得古人命名节日,未免也有些草率与不讲道理。

从字源上讲,"午"就是中午。午是一个象形字,取象于一根木棍立在地上（杵），当它影子最短的时候，就是一天的正午——当它一年中影子最短的时候，就是夏至。

而"端"的另一个常用字义就是"正"，"端正"就是同义复合词，而"品行不端""端坐""端庄"等词语，依然表示"端"就是"正"的意思。

端午，就是正杵——那根用来测量时间的木棒，太阳投下的影子最正的那一刻，也就是夏至那天的正午时分。

民间至今有重端午、重冬至的传统，因为这就是太阳历里最极端的两个日子，岂能不重？

夏至（端午）之后，一年中最炎热的一两个月来临了，在没有冰箱、冰柜，没有杀菌剂和抗生素的古代，炎热，尤其是湿热，往往和瘟疫联系在一起。看看古代无数描绘南方瘴气、瘴疠的文字，就知道古人对南方的炎热有多害怕。香草、雄黄等，是古代用的灭菌材料。

3

关于端午起源于夏至的其他证据，我就不一一引用了，我只提供上面那些我在字源上的一点发现。

远古历法多变，以二十四节气为主的太阳历，和以每个月的朔望晦为标准的月亮历纠缠不清，类似寒食节与清明节的混淆，上巳节与三月三的合一，春节与立春的没办法合二为一，都是历史遗留问题。根本上讲，是太阳与月亮不服从人类历法安排的结果。

我相信，古代一定有个"五月五"的节日，它未必叫"端午"。

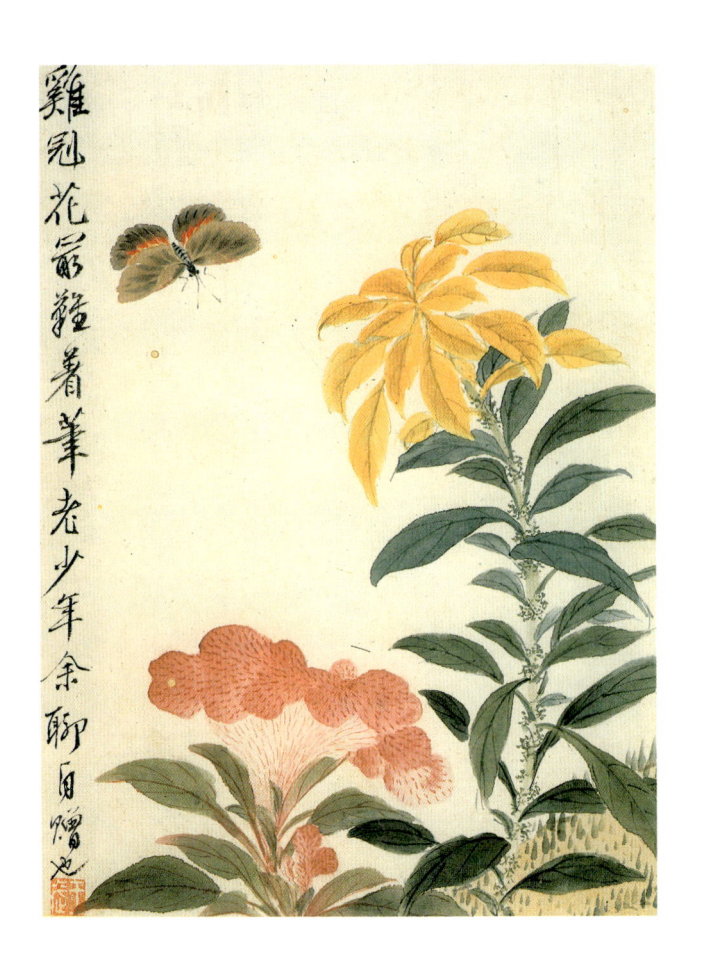

雞冠花最難著筆老少年余聊自贈也

毕竟，一月一（春节），三月三（上巳），七月七（乞巧），九月九（重阳），都先后被安排成重要的中国节日，因为它们是阳数重复，国人认为很重要——没有也要变出来。

五月五是月亮历，夏至是太阳历，隔一段时间，这两个节就会重叠在一起——也就是说，在时间上，它们本没有谁先谁后的问题，问题仅仅是两种历法的选择。百姓选择了哪一种，哪一种就是"真理"。

4

所以呢，重要的不是起源，而是共享。重要的不是它起源于夏至还是五月五，重要的不是它是纪念屈原、曹娥或者伍子胥，重要的不是它是南方的水神节还是普遍的太阳节，重要的是我们在同一个日子里，有共享的文字、故事、诗歌和习俗。

中秋节的月饼是比不上中秋节的诗歌的，清明节的艾糕也一样，唯独端午节的粽子，不仅是这个日子的仪式，而且成了国人随时随地可以享用的美食，比端午节的诗歌更打动人心。

我和曹娥是"老乡"，但假如非此即彼，一定得在三个端午代言人中选择一个，我将选择屈原。

因为他更适宜广大的国人共享，《离骚》《九歌》《九章》是多么绚丽的诗篇，为美丽的楚文化沦丧于暴秦而赴死，又是多么深沉的情感——我不免想起了清末王国维的赴死，和陈寅恪为他所作的"独立之精神，自由之思想"的赞语。秦制文化，固然也是中国文化中的组成部分和历史事实，但它对自由和独立的摧毁，已是学人的共识。在此意义上,屈原的赴死,乃是一个自由和美丽文化的继承人,在专制来临前的抉择。

但和清明一样,这并不是一个注定需要哀悼的日子,这个日子里有天道的阳健(夏至日近),有大地的奔腾(龙舟竞渡),有为美赴死的决心,有我们是同一个故事的后人的证明。

芒种

—— 芒种释名 ——

芒种,五月节。谓有芒之种谷可稼种矣。

——《月令七十二候集解》

白话:

芒种,是五月的节气。芒种,说的是有芒的稻谷类作物(如水稻)可以播种了。

—— 芒种三候 ——

(初候)螳螂生。

(二候)鵙始鸣。鵙,百劳也。……曹子建《恶鸟论》:百劳以五月鸣,其声鵙鵙然,故以之立名。……《毛诗》曰:七月鸣鵙。盖周七月夏五月也。

(三候)反舌无声。诸书以为百舌鸟,以其能反复其舌故名,特注疏以为虾蟆,盖蛙属之舌尖向内,故名之。今辨其非者,以其此时正鸣,不知失考也。

——《月令七十二候集解》

白话:

芒种及后五日物候:螳螂开始出现了。

芒种后五至十日物候:百劳鸟开始鸣叫。曹植《恶鸟论》上说:

百劳鸟在五月开始鸣叫，它的叫声就像"jújú"，所以人们叫它们"具"，写作"䴗"。《毛诗》上说：《诗经》里说"七月鸣䴗"，推论一下，周历的七月，就是夏历的五月。

芒种后十至十五日物候：反舌鸟不叫了。多数书上认为反舌指的是"百舌鸟（乌鸫）"，因为它的舌头灵活，能够婉转叫出多样的声音。只是注疏认为反舌指的是蛙类，推论一下，是因为青蛙的舌尖能够反转所以称为反舌。现在辨别一下，注疏是错的，因为这时候蛙类正鸣叫得很响亮，不能说是"无声"。

节气九
丰收与耕耘

1

临近芒种,太阳才第一次直射在中国的大陆板块——在此之前,它们曾陆续直射在中国的南沙到中沙的一些岛礁上。

这几天,生活在海南省海口市的人们,中午站在太阳底下的时候,将"没有影子"——再往后,北方人们的影子在北,而海南岛上居住的人们,他们的影子将短暂地偏南。

太阳的直射,意味着更多的光和热,意味着太阳把能量更慷慨地赠予地球上某一特定的土地和海洋。

北温带的大地,到芒种节气已是一片繁盛景象:最早迎着阳光播种、开花、茁壮的,正陆续成熟;而还有盛大的阳光在继续赠予,需要农人们抓紧时间播下种子,好在阳光冷落之前,再满满地收获一季。

2

这成熟的谷物便是麦子,这播下的种子里,最有名的当数水稻。有人说:芒种的芒,就是指大麦小麦这些有芒的谷物,此刻到了收割的季节;芒种的种,就是指水稻这些作物,此刻到了最后的"种植"时期——其实双季的水稻早已经种植,就是单季稻,现在也只不过是把茁壮的秧苗从秧田移植到稻田,这个过程叫"插秧"。生命不会错过一缕阳光，在大自然中，没有哪种植物会等到此刻才开始萌芽，即使是农人们为有限的土地作精心的安排，错过这几天也就是错过了一年。

也就是说，"芒种"二字里，有些北方的丰收和南方的耕耘，是麦子和水稻同时忙碌的故事。

但无论如何，芒种的主角其实是麦子而不是水稻。

麦子，才是有芒的庄稼。

3

芒种的故事不始于芒种，芒种的故事始于去岁的秋收之后。

早在高尔夫球场引入北温带东半球之前，这片古老的大地上，就兴盛起种草的技艺。

每年暮秋初冬，北方的人们便早早地在土地上播下麦子——这耐寒又耐旱的庄稼，真是对北方大地的最好礼物。

而当列车飞速驶过冬天北方枯黄的大地，你眼里还只是一片枯黄，其实这枯黄里已经萌生着来年的青葱。春风稍吹，春雨稍润，它们便勃勃地生长起来，迅速化枯黄为新绿，把黄河南北无尽的平原，化为一个无处下杆的巨大无比的高尔夫球场。

4

然后，叶子把无限的阳光压入麦穗之后，自身就迅速枯黄——它变得干枯而脆弱，像野草一样，一点火星就能够让它燃烧。

这是草族当年战胜大树，取得地球统治权的秘笈，今天依然是让出土地，为下一代贡献营养和生存空间的良策。

无论在何时，谷物成熟都曾叫作"秋"，因为成熟的谷物泛黄泛红，就像火一样——恰好它在这个时候也最易燃烧。无论是哪一种庄稼，丰收都曾经叫作"年"——"年"这个字的甲骨文，就是一个成年人在驮着成熟的谷物，而"季"这个字的甲骨文，则是一个孩子在驮着成熟的谷物。

这是此刻北方的风景：镰刀挥动，收割机的轮子扬起尘土，金黄的麦粒被收入黑暗的谷仓，歌声停歇后的沉默里，有整个人类的快乐与希望。

5

而南方，一片青葱。无边无垠的绿，无穷无尽的绿。

在无尽的绿色中，新生的雏鸟开始陆续离开父母的巢穴，独自飞翔，然后独自觅食。

在无尽的绿色中，花朵的果实正陆续成熟。

除了开放很早又果实微小的樱桃，除了寂寞地开放在冬季，然后在小满之后开始成熟的枇杷，此刻刚刚能够上市的果实，是梅子。

最早开放的梅花是诗歌的宠儿，它的果实同样不甘寂寞："一川烟草，满城风絮，梅子黄时雨。"而"望梅止渴""青梅煮酒"这些故事不仅仅和汉朝末年的曹操有关，"望梅止渴"这四个字，至今依然会刺激到所有品尝过酸梅子的人的唾液腺。而"青梅煮酒"这件雅事，在近几十年热带水果传入中原和江南前，必定有无数

天空下的大地

喜马拉雅官方号
聆听朗朗读书声

的英雄豪杰和文人墨客在初夏的时节里把玩过。

6

就像稷这样曾经很重要的谷物，现在早已经只是伟大的象征——我们依然把国家最大的事务称为"社稷"，与"江山"并称，但事实上，现代人已经不能确定哪一种庄稼才是古时候称之为"稷"的作物。

青梅也一样仅仅剩下了文化上的情思。作为水果的青梅的魅力，早已经被同时成熟的，但来自遥远南方的荔枝和芒果所取代，但如果不是"一骑红尘妃子笑，无人知是荔枝来"和"日啖荔枝三百颗，不辞长作岭南人"的诗句，我们几乎把荔枝当成舶来的水果——仅仅几十年前，它对热带以外的普通中国人来说，依然是遥远而稀罕的珍奇。

农人的驯养，让作物和大地融为一体，来自远方的麦子，成为北方大地最忠诚的庄稼，成为中国诗人的"父亲""母亲"和"妹妹"。

人类缅怀过去的辉煌，但开辟着今天的疆域，驯养着今日的物种。

7

我们依然无限仰赖着阳光和大地的赐予，仰赖着水稻和麦子。

但今天我们中越来越多的人已远离土地，远离水稻和麦子，成为机器的驯养者，成为电子信息的驯养者，成为词语和概念的驯养者。

芒种，是一个古老的丰收节，是一个古老的劳动节，但它的成果，依然镶嵌在人类文明的底层——只要北温带的麦子依然在这个时节成熟，只要麦子依然是人类最重要的食物之一，那么在人类所有的劳作背后，就依然有太阳的律动和麦子的心跳。

夏至

夏至释名

夏至,五月中。《韵会》曰:夏,假也;至,极也;万物于此皆假大而至极也。

——《月令七十二候集解》

白话:

夏至,是五月的第二个节气。《韵会》说:"夏,是嘉的意思;至,是极的意思。万物到了夏至节日,都嘉大而到达了极致。"

(夏至,是从日照时间和角度而讲的,是日照时间最长的一天,是从中原角度讲太阳最接近直射的一天。而不是像《韵会》那样从万物的生长来说的。冬至也一样。)

夏至三候

(初候)鹿角解。

(二候)蜩始鸣(蝉始鸣)。蜩,蝉之大而黑色者,蜣螂脱壳而成,雄者能鸣,雌者无声,今俗称知了是也。按蝉乃总名,鸣于夏者曰蜩,即《庄子》云"蟪蛄不知春秋者"是也。盖蟪蛄夏蝉,故不知春秋。鸣于秋者曰寒蜩,即《楚辞》所谓寒螀也。故《风土记》曰:蟪蛄鸣朝,寒螀鸣夕。

（三候）半夏生。

——《月令七十二候集解》

白话：

夏至及后五日物候：鹿角开始脱落。

夏至后五至十日物候：知了开始鸣叫。蜩，是蝉类中身体比较大而黑色的品种，是蜣螂脱壳而变成的，雄的能够鸣叫，雌的不能鸣叫，现在俗称"知了"。蝉，是这类昆虫的总名，在夏天鸣叫的被称为"蜩"，也就是《庄子》里说的"蟪蛄不知春秋"，因为蟪蛄、夏蝉它们没有生活满一年，所以不知道"春秋"变化。在秋天鸣叫的蝉类被称为"寒蜩"，也就是《楚辞》里所说的"寒螀"。所以《风土记》说：蟪蛄在早上（夏天）鸣叫，寒螀在晚上（秋天）鸣叫。

夏至后十至十五日物候：半夏草抽出了花梃。

节气十
谁人曾闻稻花香

1

今日,太阳将在北半球的大地上画出一道特别的轨迹:北回归线。

这条线表示太阳像大雁一样,从冬至开始向北方回归,最后所能抵达的地方。

今天正午,站在北回归线土地上的人们,将看不见自己的影子;笔直伸向天空的管子,一年中唯一一次,把阳光漏在大地。

太阳的战车,将依次从台湾、广东、广西、云南上空碾过。而江南、中原和塞北,如果想要"逐日",就依然只能向着南方翘首仰望。传统中国的方位,就是依据太阳来确定的:面向南方,背后为北,左手为东(江左就是江东),右手为西。

夏至,这是在北温带大地上生存的人类,最能够直观感受到的一个"节气":每个人都仿佛一根立在地上做日晷的木杵,这一天的正午,他们的影子最短。

这也是远古的中国神话夸父逐日的真实意蕴。向西追逐太阳的,是神灵和喷气飞机;向南追逐太阳的,是想要过上富裕生活的普通人类。自夏商温暖期之后,中国人曾一次次南迁:北方的游牧部落,渴望到水草丰茂的中原牧马;中原的农垦民族,既留恋黄河两岸由黄河亿万年冲积而成的肥沃辽阔的土地,又向往南方少有冰雪的温暖——草木四季葱茏，也就意味着庄稼四季被阳光哺育。

汉字中夸父逐日的"夸"字，上面的"大"就是一个人形，下面是表示宽阔、距离的"于"（迂、宇），夸的本义就是"跨"。夸父，就是跨父，就是翻山越岭的男人，或者由这样的男人带领的部落。

从农耕神话的角度来看，夏至，就是太阳为了赐予北半球更多能量，向北走到的最后之地，或者是追逐太阳的英雄，向南奔逐的最后时刻。

中国第一个有称谓的朝代是夏朝，创造中华主流文明的那些先人，曾把自己称为夏人。夏，更形象的写法是"夒"，双手双脚，加一个硕大的头颅，这就是把人直接刻在了龟甲和牛骨上，写在了竹简和帛纸上。夏这个字，是不是暗示着这个民族及其后人，也就是逐日的夸父？

金文和甲骨文里的"夏"字，也是一个完整的人形。

2

夏至这一天最大的物候便是太阳自身。

江南地区，虽值梅雨时节，阴雨绵绵，但今天的黎明依然很早，凌晨四点多，天空就已经十分明亮。

如果有固定又高大的建筑，这一天正午刻下的影子，也就是一年中夏的标志。夏至，夏的极致，太阳的"巅峰"。

这一天的夜晚将姗姗来迟，冬天可能已进入梦乡的时刻，天空还依然明亮，如果在种庄稼的农村，依然可以在麦垛间做躲藏、寻觅和追逐的游戏。

夏至在大地上出演的主角，对文人墨客来说，是池塘里的荷花："接天莲叶无穷碧，映日荷花别样红"，正是这些天江南的风景。但对于真正的农人而言，这几天最迷人的应是稻花。可惜稻花仅仅是农人心里的美景，文人们留下的诗句就极少。"千里稻花应秀色，五更桐叶最佳音"，"稻花香里说丰年，听取蛙声一片"，就算是出色的佳句了。

3

稻花是下一个丰收的希望，想要希望落地，还要小暑和大暑的慷慨阳光。

而整个春季和半个夏季的阳光，早催开了百花，催熟了无数的果实：枇杷、梅子之后，杏、李、桃、杨梅纷纷成熟；春天开花的果树，只剩下更大个儿的梨、橘、苹果和最迟开放的海棠。它们，还需要夏日阳光继续照耀。

还有一个主角就是蝉，春天演唱会的主角是青蛙和鸟类，夏天鸟儿们虽然依然鸣唱，但真正的主角则是蝉。无论是远古还是今天，蝉的存在对人类来说都是一个神奇：它的羽化，它的饮露——你不要揭穿说那是吸树的汁液，吸树的汁液本身就已经足够神奇，还有，它许多年在泥土深处默默潜伏，突然在这个夏天破土而出，化为能够飞翔与歌唱的精灵！

而江南，还有雨。

淅淅沥沥，缠缠绵绵，掩盖了夏天的酷暑，掩盖了蝉鸣的喧嚣，掩盖了农人的繁忙……

清冷的雨点，滴滴答答，忐忐忑忑，敲击出自己特有的韵律，有雨的夏至，镶嵌在无尽暑热的夏天里，就仿佛在浮躁的现代散文里，插入了一阕婉约的宋词。

天地在雨声中渐渐转成另一种颜色，青花瓷的颜色，水墨画的颜色。

而塞外的草色，该早就青葱了吧！

小暑

── 小暑释名 ──

小暑,六月节。《说文》曰:暑,热也。就热之中,分为大小,月初为小,月中为大,今则热气犹小也。

——《月令七十二候集解》

白话:

小暑,是六月的节气。《说文解字》说:"暑,是热的意思。"古人把炎热的时节分为大小两个,六月月初的节气称为小暑,月中的节气称为大暑。小暑时节,热气相比于大暑还是小的。

── 小暑三候 ──

(初候)温风至。至,极也,温热之风至此而极矣。

(二候)蟋蟀居壁。……即今之促织也。《礼记注》曰:生土中。此时羽翼稍成,居穴之壁,至七月则远飞而在野矣。盖肃杀之气初生则在穴,感之深则在野而斗。

(三候)鹰始击。击,搏击也。应氏曰:杀气未肃,鸷猛之鸟始习于击,迎杀气也。

——《月令七十二候集解》

白话:

小暑及后五日物候:风热到了极点。至,极致。风的温热,到了小暑节气，就达到了极点。

小暑后五至十日物候：蟋蟀居住到洞穴的土壁上（一说是住到人类房屋的墙壁里）。蟋蟀又叫促织。《礼记注》说：蟋蟀生长在泥土里，至小暑节气翅膀已经差不多长成，住在自己洞穴的土壁里。到了七月，就飞到原野上生活。这大概是因为肃杀之气刚刚萌生的时候，它们在洞穴里感受着杀气，肃杀之气强烈的时候，它们就到田野上去争斗了。

小暑后十至十五日物候：雏鹰开始练习搏击。应氏说：（小暑节气）杀气还不肃然，鸷猛的鸟类如鹰就开始练习搏击，是为了迎接肃杀之气的来临。

节气十一
蝉声歇处歌声起

太阳向北半球的冲锋,在夏至那天抵达北回归线后,开始向南后撤。

但太阳带来的千军万马,也就是光和热,却大量地堆积在北半球的战场。

潮峰已过,潮水依然冲刷着两岸;太阳已退,那么多日子累积下的炎热,才开始真正弥漫北温带的大地。

冬至,对北半球来说,是太阳最偏最短的日子,但冬至后的一个来月,才是最寒冷的日子。

夏至,对北半球来说,是太阳最正最长的日子,但夏至后的一个来月,才是最炎热的日子。

但这炎热里并没有初春的躁动。

物理学上,空气、液体、固体的分子在高温下更剧烈地运动着,热给它们以摆脱旧秩序束缚的力量。

但在生物学上,每个物种都是在特定的处境中,找到了自己最适合的生存方式。那些适合在炎热中高歌狂舞的物种,大多出现在赤道附近。北温带的生物,带有一个"温"的物征,炎热对它们来说,是过于奔放,过于狂野了。

那些源自南方的物种,自然在这个时节最为耀眼:睡莲、荷花、仙人掌,以及石斛、洋兰和凤梨……它们在寒冷中将黯淡魂散,但在酷暑中却如此迷人。

而那些北温带土生土长的草木，除了枯萎和夏眠的，现在只有一个词可以形容：无尽绿。

这是安静的绿，在安静里，保存着太阳过于慷慨的赐予。稻子的故事不只是插秧和收割，豆子呀，粟子呀，高粱和玉米呀，所有庄稼的奇迹，其实都源于这一天天热烈烈又静悄悄的阳光，源于每一片叶子对阳光的欣然拥抱。

小暑时节，不只是对眼睛来说是丰盛的单调，对耳朵来说，一样既丰盛又单调。

白日的蝉声和夜晚的蟋蟀，一个用单调无聊的喧嚣加剧着炎热的难熬之感，一个用悠远清澈的鸣唱提醒我们凉爽的短暂和不易。

不过，现代人对小暑、大暑的感觉，就像对小寒、大寒的感觉一样，都因为空调而钝化了。

人被称为裸虫，因为他是在热带草原上进化而成的物种，他光滑的皮肤更适应干热的稀树大草原气候。漫长的发展过程中，他能用衣服、皮袭、房屋、篝火、暖气增强自己对抗寒冷的本事，进而占领了北方广阔的大地，但对潮湿的炎热，却一直束手无策。

所以，暑气，在古代是种类似瘟疫，神秘而可怕的事物，其实只不过是人类这一物种，既不能天然适应湿热这种气候，当时又拿它没有办法而已——一把扇子,能做的实在有限;冰室储冰,又只是冬天有冰的北方才有的奢侈。

但是当冰箱和空调成为每个家庭的标配,南方城市的夏天就不再是难以忍受的炼狱,而人们对小暑和大暑的感觉,无论如何一定会慢慢退化——无妨啊,让适应它的草木适应炎热吧,人类,没必要去试图改变自己的生物本性,却还误以为那是自然天性。

在江南一带,小暑节气还是梅雨季节的落幕。夏至之后,小暑之前,有时候因为连日阴雨,气温竟能下降到让人觉得略有寒意。但梅雨结束之后,虽然还时不时会有台风带来的暴雨,却很少有连绵不尽的阴雨,太阳将肆意地发起它最后的攻势,让人们在感激它的同时,更感受到它的暴烈、残酷。

如果说"夸父逐日"的故事诞生于冬至日前后的炉火边,那么"后羿射日"的传说,一定诞生于小暑、大暑前后的夏夜里。

是的,在没有电扇和空调的漫长岁月里,炎热夏日也能催生出另外的诗意。就像春的来临是诗人们的节日一样,炎炎夏日,正好是孩子们的节日——白天可以整日地泡在水里嬉戏,而夜晚呢?

黄昏的暑热未消,赶紧在地上泼一些水降温。然后升起一堆烟,虽然也会呛得人咳嗽流泪,但可以驱逐讨厌的蚊子。然后,搬出小桌子,搬出竹椅子,摆上朴素简陋的饭菜,每晚的盛宴就这样开始了。

奶奶们的歌谣固然动人,但爷爷们的故事却更打动男孩们的心。一个部落的英雄形象,一个社会的行事准则,一个人的底线和高格,就是在这样的反复讲述里,慢慢地刻写成下一代的精神底色。

虽没有荷马史诗的壮阔,也没有莎士比亚戏剧的华丽,但意义和价值是相似的,就像欧洲在文明进程诞生出了格林故事和安徒生童话。

这也是一个孩子开始仰望星空的时刻,听着遥远的传奇,望着更遥远的星空,想着不灭的灵魂,如何在这神秘莫测的天地间,作一场英雄的旅程。

此时,夜深人静,万籁俱寂,有歌声自每个灵魂的深处涌起。

大暑

大暑释名

大暑,六月中。解见小暑。

——《月令七十二候集解》

白话:

大暑,是六月的第二个节气。

大暑三候

(初候)腐草为萤。曰丹良,曰丹鸟,曰夜光,曰宵烛,皆萤之别名。离明之极,则幽阴至微之物亦化而为明也。

(二候)土润溽暑。溽,湿也,土之气润,故蒸郁而为湿;暑,俗称龌龊,热是也。

(三候)大雨时行。前候湿暑之气蒸郁,今候则大雨时行,以退暑也。

——《月令七十二候集解》

白话:

大暑及后五日物候:腐烂的草化为萤火虫。称"丹良",称"丹鸟",称"夜光",称"宵烛",都是萤火虫的别称。炎热到了极致,于是幽暗细微的东西就化作了明亮的事物。(腐草化萤等,当然是不科学的,这是古人限于观察能力,而导致的错误。但虽然因果关系不存在，物候本身依然是存在的：草木容易腐烂，萤火虫出现在夜晚等。）

　　大暑后五至十日物候：土地潮湿，空气湿热。溽热，就是湿热。土气潮湿，蒸到空中就变成湿热。所以暑热，也就被俗称"龌龊热"，意思是不干净，脏，难受。

　　大暑后十至十五日物候：经常有雷阵雨。前面一个物候是湿热的空气蒸腾，这一个物候就是时不时下雷阵雨，因此消解了暑热。

节气十二
热熏昏火夏化同

未来，凛冬降临之际，人类将深情怀念一个叫"大暑"的日子，怀念炎炎烈日，怀念弥漫在每个角落里无法摆脱的暑气，怀念只需用最少的布料遮羞，却绝不会有一丝寒意的奢华。

大暑，意味着冰与火的权力游戏，火之神获得了绝对统治权，意味着祝融与共工的斗争，祝融再一次赢得胜利。

此刻，绿色已经蔓延到北半球大地的最北端，临近北极的荒原上，也开出了短暂而绚烂的花。

此刻，地球上最炎热的地方，就是一个月前阳光曾经直射和接近直射的那一带土地——北温带的名字此刻名不符实，最好临时更名为北热带。

此刻，如果山丘挡住了风，城市汇聚了人，人类陈列了无数机器，用来支撑自己的生存……任何一个这样的地方，都已成为巨大的蒸笼或烤箱：金陵炉，长安笼，杭州蒸，长沙烤……

然而，有了一种叫空调的神器后，大暑这个曾经让人们谈暑色变的节气，仅仅成了日历上的一个词语，没有特别的色彩，并无多高的温度。

但在此前的千万年里，它是火，满眼的绿色仿佛是燃烧的绿焰，满耳的蝉鸣增加了闷热和烦躁，人们用"暑"这个汉字，传神地描绘出对它最原初的感受。

暑，甲骨文写作 ✦。它其实就是一个火锅的写实：用类似筷子一样的木棍、叉子，从锅里捞取东西。如果强调烧煮，那么在它下面加个"火（灬）"，就成了"煮"；如果强调捞，那么在它上面加一个"竹（⺮）"，就成了"箸"；而如果在它上面加一个太阳，那就是说上面太阳晒着，下面大锅煮着，这就是"暑"！暑字再加一个"大"字，这意味着它已经是不适合人类生存的极限！

于是，消暑，就成了古代中国人的必修功课。

皇帝和他的嫔妃们，以及那些大富大贵的家族，建造了高阴且通风的亭台楼阁，又在冬天里采集了冰块储存在冰窖里，这时候再换上薄薄的丝衣，虽然就清凉而言，依然比不上一个拥有空调的普通现代家庭，但这种人无我有的感觉，远胜过清凉本身。

一般的官吏，也就是科举制度培养出来的文人们，他们坐在遮阴处，摇着扇子，暂时放下孔子孟子的教导，用道家和佛教的心法，来抵御连扇子扇出来的风也是热的酷暑。恐怕只有李白，才能像白丁那样脱光衣服来避暑，并且还要堂而皇之写在诗歌里。唐朝白居易的《销夏》，可以当成绝大多数文人的"避暑心经"：

何以销烦暑，端居一院中。

眼前无长物，窗下有清风。

热散由心静，凉生为室空。

此时身自得，难更与人同。

而黎民百姓、芸芸众生，即使是大暑这样的日子，也一样需要为生存而奋斗。大暑时节，早稻成熟，为了在霜降之前抢出足够时间种一季晚稻，早稻的收割和晚稻的插秧就连在了一起，成

蟴巘獨占秋聲
下不是無心華胥之音

雪顛

了南方水稻种植区的"双抢"时节：早稻抢着割，晚稻抢着种。每一天的灿烂阳光，就这样转化成我们餐桌上洁白的米饭。而并不可口的早稻，又是饲养鸡鸭鹅甚至牛羊的优质饲料。所以呢，鸡蛋啊，牛奶啊，鹅肝啊，这些或日常或奢侈的食物里，可能就有着小暑大暑的阳光，有着农人挥汗劳作的辛劳。

贪婪地汲取着阳光，把它转化成鲜嫩和甘甜的，还有玉米、苹果、葡萄、柑橘……

蝉噪依然拂之不去，萤火虫成了浪漫温馨但难以遇见的惊奇，荷花不懂得出淤泥而不染的句子，只是那么美丽地开放着……对人类而言是这样那样诗意的事物，其实对它们自己而言都只不过是在寻找着机会繁衍后代。所以呢，知了是沉默了太久所以太急于用歌声求偶的男高音；荷花是用色彩召唤媒人、用花蜜赠送媒人的新婚者；而萤火虫们，是在漫漫长夜里点亮了自己，用微光召唤着彼此的求爱者。

蚊子啊，苍蝇啊，牛虻啊，蜉蝣啊……它们每一个都有自己的悲欢离合、爱恨情仇。没有防寒的羽毛和衣服，没有仓库和存粮的它们啊，大暑就是必须冒险出去捕猎和求偶的狂欢节。于是，每一个被我们摁灭的小虫，都是一片宇宙叙事的中断——但大宇宙的宏伟史诗，依然毫无方向地每一天书写着。

秋

立秋　处暑　白露　秋分　寒露　霜降

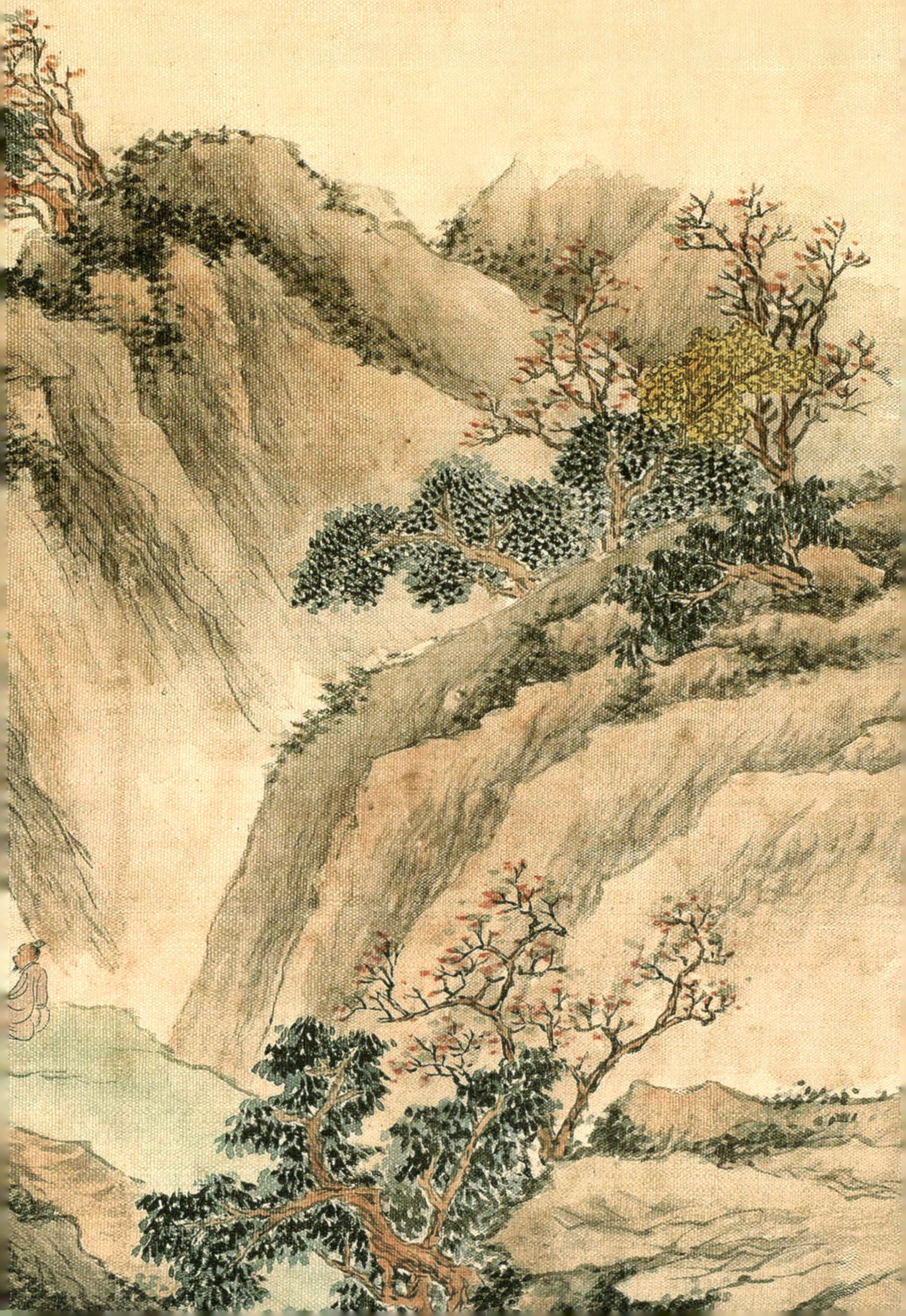

立秋

── 立秋释名 ──

立秋,七月节。立字解见春。秋,揪也,物于此而揪敛也。

——《月令七十二候集解》

白话:

立秋,是七月的节气。立字意思,如同立春、立夏,是建立、开始的意思。秋,是"揪"的意思,万物到了秋季开始收敛、聚集。(秋的意思,应该如同"麦秋"里所说,是谷物成熟的意思。按字源,就是谷物像火一样的颜色。)

── 立秋三候 ──

(初候)凉风至。西方凄清之风曰凉风,温变而凉气始肃也。

(二候)白露降。大雨之后,清凉风来,而天气下降,茫茫而白者,尚未凝珠,故曰白露。

(三候)寒蝉鸣。寒蝉,《尔雅》曰寒蜩,蝉小而青紫者。马氏曰:物生于暑者,其声变之矣。

——《月令七十二候集解》

白话:

立秋及后五日物候:开始吹起凉风。源自西方的凄清之风叫凉风。从夏至秋,炎热开始变为清凉,天地之气开始变得肃杀。

立秋后五至十日物候：早上开始能发现露水。雷阵雨之后，吹起了凉风。空气中的水汽开始凝结，白茫茫的，但还没成为大的露珠，因此称为"白露"。

立秋后十至十五日物候：寒蝉开始鸣叫。寒蝉，《尔雅》称为"寒螿"，是蝉中身体比较小的，颜色是青紫的。马氏说，这种蝉生于炎热的时候，到了秋天，它只是声音改变了而已。

节气十三
在盛夏里眺望清凉和丰收

立秋节气,秋其实还远远没有来到,天气也罢,风景也罢,依然属于夏,而且是最盛大的夏。

立秋,仅仅意味着人类在历法中划定这一天为秋的开始,就像立春、立夏和立冬一样。

立春,就是在冬天里眺望并规划春天;立夏,就是在春天里眺望并规划夏天;立秋,就是在夏天里眺望并规划秋天;立冬,就是在秋天里眺望并规划冬天。

每一季的六个节气都遵循相同的规律:

立春、立夏、立秋、立冬与其说是一个季节的开始,倒不如说是人们站在前一个季节的盛景里,向着未来,作下一个季节的规划,满满九十天的规划。

四十五天后的春分、夏至、秋分、冬至,才是天文学意义上真正的四季分野。而这四个节气之后,大地上的风景才显现为盛春、盛夏、盛秋、盛冬。春分之后,清明和谷雨是春的极致;夏至之后,小暑和大暑是夏的极致;秋分之后,寒露和霜降是秋的极致;冬至之后,小寒和大寒是冬的极致。

所以啊,江南的立秋,完全是一个名不符实的词语。气温高得离谱,不要说白天,连晚上都仿佛是生活在蒸笼里;蝉声整天嘶哑地叫着,但叫得久了,声音里似乎没有了最初那些日子高昂的激情；大地上的绿，除了夏播的水稻，大都显得有些苍老，叫苍绿或者老绿，似乎更贴切一些……不要看到一个秋字就想起秋的诗句或者画面；立秋，完全被余夏所笼罩着；弥漫着的，依然是炎热、苍绿、单调。

但无论如何，食物最丰茂的时刻即将到来了！

在遥远的古代，人们用"秋"字来表示的不是一个季节，而是一个时刻：谷物成熟了。

北宋名臣寇準的《夏日》诗"日暮长廊闻燕语，轻寒微雨麦秋时"里说的"麦秋"，指的就是麦子成熟了。照这样说，芒种节气，是麦子的秋季；小暑、大暑，是早籼稻的秋季；寒露霜降，是绝大多数谷物的秋季——包括古代北方的黍和粟。

秋，对于在旷野中寻找食物的先民来说，对于在田野中耕耘劳作的农人来说，首先是一种颜色，而不是温度。秋，它曾意味着麦子由青铜化为黄金，更意味着沉甸甸的谷子突然像火一样燃烧起来，整片整片的土地因此呈现为红色、橙色和赭色。

但这是秋盛大的未来，此刻，秋还只是一粒词语的种子，落在夏的土地里，迫不及待地宣告着自己的时代来临了。

车过绍兴时，我本想在故乡江南的土地上，寻找一片水汪汪的风景：晚稻的秧苗已经长好，稻田上有白鹭悠然飞过……

对于这样预想的风景，我是失望了。不过我看到了真正的"秋景"：一小片一小片成熟的高粱！

为什么多水的江南，居然种起了高粱？

为什么地球末日来临之前，人们选择的谷物也是高粱？

因为水稻和麦子是 C_3 植物，而高粱和玉米是 C_4 植物，后者更耐干旱和高温——和需要精心伺候的水稻相比，种植玉米和高粱，实在是轻松得太多了。对经济日益发达的江浙地区而言，当前最昂贵的莫过于人力，既不忍土地荒芜，在经济效率上又不值得种植水稻，那么随手种植一些玉米和高粱，可能就是极佳的选择。新鲜的夏玉米兼具粮食、蔬菜、水果的妙处，是非常受欢迎的谷物——也许是唯一一种最宜趁着新鲜食用的谷物；而高粱则是饲养鸡鸭的好食料，用它饲养出来的鸡鸭，质量远胜过饲养场里的，对当地的百姓来说，这是春节期间无法网购的乡土美食。

高粱，大约是在宋代从非洲经由印度传入中国的；玉米，大约是在明代从美洲经由欧洲传入中国的：它们大大丰富了中国人的谷物谱，尤其是在干旱年份和贫瘠山区，它们远比水稻和麦子更能够丰收。这些舶来的作物和本土驯化的水稻、粟黍，以及约四千年前来自西亚的麦子，还有不属于谷类的番薯、土豆，一道确保了中国粮食的总量，养活了更多的国人。

凝视一棵成熟的高粱，就是在炎热的夏季里，凝视着缩微的"秋"景。

每一棵成熟的高粱，就是在大地上书写出一个活生生的"秋"字："禾"是成熟的谷物，"火"是它的颜色。

但这只是大地此刻绿色的鸿篇巨制中极其罕见的一角。大地依然是无限的绿色，绿色中也依然有属于这个季节的花朵绽放。

有毒的夹竹桃是整个夏季鲜花不断的行道树，虽然有毒，虽然花叶也不够精致，但这样整个夏天在炎炎烈日下持之以恒地绽放,真令人有些感动。

属于盛夏的花是紫薇,还有槿树,"紫薇朱槿花残,斜阳却照阑干",这是不久后即将来到的初秋的风景。

秋,如这个字所暗示的,尽管后面还将有木芙蓉和菊花的美艳,但它毕竟不再属于花的季节,而属于果的季节。

从这一刻起,到秋的谢幕,所有春天和夏天里开过的花,假如果实还没有成熟,那么都应该抓紧汲取这最后的盛大阳光,在这个季节里成熟了:苹果、柑橘、柿子、石榴、葡萄、菱角、莲蓬、花生、粳稻……

而如果你生活在南方,这一刻抓紧最后的机会播种下秋玉米,或许你还能拥有最后的一季丰收。被我们所厌憎的烈日和炎热,将是这些庄稼最后的辉煌。

而当凉风起兮,我们将同时收获谷物和诗意,我们将以高粱和黄黍酿酒,以秋风为酒引,以爱恋和忧伤为歌词与曲调,度过一年中最美妙的时光。

处暑

—— 处暑释名 ——

处暑,七月中。处,止也。暑气至此而止矣。

——《月令七十二候集解》

白话:

处暑,是七月的第二个节气。处,是停止的意思,炎热之气至处暑这个节气就逐渐停止了。

—— 处暑三候 ——

(初候)鹰乃祭鸟。

（二候）天地始肃秋者，阴之始，故曰天地始肃。

（三候）禾乃登。禾者，谷连藁秸之总名。又，稻秫苽粱之属皆禾也。成熟曰登。

——《月令七十二候集解》

白话：

处暑及后五日物候：老鹰开始捕杀鸟类。

处暑后五至十日物候：天地开始肃杀。秋天，是阴气开始上升的季节，所以说"天地始肃"。

处暑后十至十五日物候：谷物开始成熟。禾，是谷子连同秸秆的总名，像稻、秫、苽、粱都属于禾类。成熟称为"登"。（五谷丰登）

节气十四
新凉值万金

　　白日的蝉声延续着残夏的暑热，夜晚的蟋蟀带来了初秋的清凉。

　　陆续上市的山楂、苹果、柑橘、梨、石榴……它们是盛夏最骄傲的成果，如今慷慨地把功劳让给了下一个季节。

　　从夏至到处暑，太阳渐渐南去，但依然直射在北半球；白天依然长过黑夜，炎热依然强过清凉。

　　"处"的汉字构造本义，是停留，是居住，又衍生出停止、消退、隐而未显等意思。处暑，既可以理解为炎热的停滞与弥留，也可以理解为炎热开始渐渐地消退——但无论如何，都不能理解为炎热已经消失。

　　弥漫在空气里的，依然是暑热。但毕竟季节已经属于秋季，所以人们用"秋老虎"这个词语来形容这段时间的炎热。有趣的巧合是，"处"字的繁体写作"處"，就是取象于一只老虎的盘踞。

　　但太阳毕竟渐渐南倾，夜晚毕竟渐渐拉长，从山林的阴影和夜晚的黑暗里，有一丝丝清凉在孕育——这是小暑和大暑绝不可遇的奢侈。

　　处暑节气的半个月里，中午是盛夏，晚上是初秋；晴天是暑夏，雨天是清秋。

　　宋代仇远的《处暑后风雨》一诗的前半部分，正写出这个时节的冷暖：

> **疾风驱急雨，**
> **残暑扫除空。**
> **因识炎凉态，**
> **都来顷刻中。**

处暑，它既是最后的盛夏，也是最初的秋意。不冷不热，五谷不结。越来越大的昼夜温差，催促着谷物们作最后的灌浆，把阳光转化为淀粉和糖类，并把它们注入"后代"的种子之中。

这是植物的智慧，它们在酷暑中感受到凉意，从凉意中聆听到寒冷，未雨绸缪，自己度不过寒冬，那就让更多的种子，以饱满的状态度过冬季。

而这又将是食草动物和食肉动物的盛宴，万物关联，生生不息，这样的繁荣与昌盛，与其理解为弱肉强食、尔虞我诈，不如理解为相互依存、各自进化。

大暑前后，是早籼稻收割、晚粳稻插秧的时节；而处暑节气，则是单季稻（中稻）开始收获的季节。

我们知道，古代的作物就是单季的，"秋"字的意思本就是谷物的成熟。所以，无论还有多少炎热，季节确实是来到了秋季。

但以晚粳稻为代表的二季谷物，此刻正奋力追赶着阳光，并与潜滋暗长的清凉赛跑：此刻还未开花，它们就成了无用的野草；此刻不能把阳光和水分转为饱满的谷粒，它们就成了秀而不实的荒草……

有些谷物早已经进仓，有些谷物正在疯狂地生长，有些谷物

庭前隙地種植蔬菓不使寸土空閑亦見縫挿鍼之意
一九六〇年於梁溪老屋錢松嵒

还等待着大地荒凉后，才可以播种——唯有一种特别的生命，将在处暑节气里开始郑重地播种。

这是人类，是人类中的青年、少年和儿童。

暑假将尽，暑热将退，珍贵的凉意里，正是学习的黄金时节。

而教师就成了特殊的农人，他们在九月一日开始之前，在处暑这最初的一丝凉意里，开始了劳作：开垦，耕耘，等待着思想的种子再度在教室这块特别的土壤里萌芽、疯长。

当凉意再深浓一些的时候，就是诗意随处蔓延的季节。

站在最后的暑热里，我们眺望的不仅是凉意和秋意，更是最熟稔的诗意，而那诗意里，有着万物最敏感的变化和变迁。

清平乐·金风细细

[北宋] 晏殊

金风细细，叶叶梧桐坠。绿酒初尝人易醉，一枕小窗浓睡。

紫薇朱槿花残，斜阳却照阑干。双燕欲归时节，银屏昨夜微寒。

节日
七夕：耕男织女和痴男怨女

是乞巧仪式衍生出牛郎织女的传说，还是牛郎织女的传说带来了乞巧仪式？

换一种方式提问：七夕，首先是纺织节还是情人节？

有时大家在给七夕配图时，会用一个满月，看似很浓的浪漫，却有很大的错。

错在哪？错在月亮。满月意味着团圆，"人有悲欢离合，月有阴晴圆缺"，理想的中秋节，是天上月圆，地上人聚。但天上那对苦人儿相聚的时候，月亮偏偏不是圆的。不信，今晚出去看看。

为什么不能是满月？因为"月明星稀"，要看清银河和星星，月亮必须不那么耀眼。

有人说牛郎织女的故事起于汉朝，可是有证据表明，早在春秋时期，牛郎织女的故事很可能就已经传播，《诗经·小雅·大东》的部分诗句里，透露着数千年前的信息：

> 维天有汉，监亦有光。
> 跂彼织女，终日七襄。
> 虽则七襄，不成报章。
> 睆彼牵牛，不以服箱。

什么意思？不太清楚，早在汉朝时候，人们理解这些诗句的时候，就大半是猜测和想象了。但我们从诗句里清晰地看到了银河，看到了织女星和牵牛星。

汉朝留给我们的诗句,则像昨天刚刚写成那样亲切,那样生动,但也许他们只不过是"翻译"了那古老的诗句:

迢迢牵牛星

迢迢牵牛星,皎皎河汉女。

纤纤擢素手,札札弄机杼。

终日不成章,泣涕零如雨。

河汉清且浅,相去复几许。

盈盈一水间,脉脉不得语。

一样的银河和牵牛织女星,在这里有着撼动人心的力量,与其说它是在描述天上的星辰,不如说它是在刻写有情不能相聚的悲伤——而这样的悲伤总是无比美丽的。

到了北宋,秦观的《鹊桥仙·纤云弄巧》最诗意地表达了牛郎织女七夕相会的快乐和痛楚:

纤云弄巧,飞星传恨,银汉迢迢暗度。

金风玉露一相逢,便胜却人间无数。

柔情似水,佳期如梦,忍顾鹊桥归路。

两情若是久长时,又岂在朝朝暮暮。

然而,这也无非是借牛郎织女的酒,浇自己心中的块垒:不是热热烈烈地爱过,不是轰轰烈烈地离别过,又哪里写得出这样动人心魄的词句?

但这时,男欢女爱或者说痴男怨女完胜,男耕女织或者说牛郎织女完败——牛郎织女已经是两个抽象的名字,而不再是两种最普通的职业,秦观的诗句里甚至完全不再出现牛郎和织女,因为耕种和纺织,对诗人来说已经不再高贵与美丽。

毕竟,所有的生命都会成长到爱恋与思念,纵然贵为帝王的唐玄宗和杨贵妃也不能例外。但只有最贫贱的农民家庭,还依然保持着男人是耕田的牛郎,女人是纺织的织女——不对,多数女性依然需要女红,只不过,手里拿的不一定是梭子,而更普遍的是剪刀和针线。

所以,在每个女孩快成长为女人的时候,依然需要祭拜织女,向她乞讨心灵和手巧。

乞 巧
[唐] 林杰

七夕今宵看碧霄,牵牛织女渡河桥。
家家乞巧望秋月,穿尽红丝几万条。

为什么望的不是织女星,而是秋月?或者是星星难以找见,月亮就容易得多;或者,从一开始,拜的就是月亮,因为这七月初七的月亮就像是织女手中的梭子。

就像寒食节和清明节本来是新火节,但只有最普遍的祭祀祖先与春游,才能让它永久生存,而介子推的故事,则能让它有血有肉。

七月初七乞巧节的本来面目是什么?它经历了怎样的演变才如此有血有肉?

也许,《诗经》里的牛郎织女四字,还不是一对痴男怨女,而是光辉渐渐黯淡下去的耕种男神和纺织女神。

毕竟，男耕女织在远古并不是两种卑贱的职业，而是伟大的发明。

周朝的创族祖先是弃，他的官名（也许是谥号）叫后稷，意思是管理农业的人。而中国对人类的农业贡献，一是北方对粟和黍的驯化，一是南方对水稻的驯化，它们大约都开始于几千年前——炎帝和神农的传说，就是那古老时代的模糊回声。耕牛，在农业化的道路上，曾经是比狗和马更珍贵的牲畜。

而传说中黄帝的正妻是嫘祖，也就是蚕业的始祖——也就是，她才是虚构的第一个织女。中国是丝绸的故乡，丝绸曾经是全世界称呼我们的名字（后来这个名字让给了瓷器和茶叶）。

当然，织女纺织的，除蚕丝以外还有麻、羊毛，以及很久很久以后从印度和阿拉伯传入的棉花。

也就是说，最开始耕种与纺织的，恰恰是我们的帝王——因为新的发明与创造，让他们的部落繁荣昌盛，成为大地的主角。

但为什么这个节日定在秋天呢？有人说，这是因为秋意渐起，提醒人们该织布和裁衣了。还有人说，因为这个时候天高气爽，看得见银河和星辰啊。

其实这样的节日往往是许多因素的巧合，从一月一、三月三、五月五，以及未来的九月九，中国人把每一个阳数重叠的日子都变成了重大的节日，七月七又怎么能够浪费？

秀恩爱或者诉衷情，拜月亮，乞手巧，读诗词，掉书袋，随便。

白露

白露释名

白露，八月节。秋属金，金色白，阴气渐重，露凝而白也。

——《月令七十二候集解》

白话：

白露，是八月的节气。古人以四时配五行，秋属金，金色白，故以白形容秋露。天气渐渐转凉，会在清晨时分发现地面和叶子上有许多露珠，这是因为夜晚水汽凝结在上面，故名白露。

白露三候

（初候）鸿雁来。鸿大雁小，自北而来南也。不谓南乡，非其居耳。详见雨水节下。

（二候）玄鸟归。

（三候）群鸟养羞。三人以上为众，三兽以上为群；群，众也。《礼记注》曰：羞者，所美之食；养羞者，藏之以备冬月之养也。

——《月令七十二候集解》

白话：

白露及后五日物候：鸿雁开始来到中原地区。鸿大雁小，从遥远的北方往南而来。不称向南返回（到中原），是因为这里不是鸿雁的居住地。

白露后五至十日物候:玄鸟即燕子,燕子南归。

白露后十至十五日物候:(不迁徙的)鸟类开始储藏食物。三个人以上称为"众",三只兽以上称为"群"。群就是众的意思。《礼记注》说:羞(即馐),是蒸煮的食物。这里所说的"养羞",说的是把食物藏起来,以防备冬天时候的需要。

节气十五
灵性随凉意重回大地

夏的沉闷终于结束了。

呆板的绿依然统治着整个大地，但呆滞的热却不再统治全部时间。随时有一阵凉风，随时有一场秋雨，地狱瞬间变成天堂，仿佛一个激灵，灵性重新回到了人间。

白露前后，最明显的物候就是露水。白日渐短，日照偏斜，高温只能在中午前后统治大地，到了黄昏就往往无能为力。而到了夜间，凉意从阴暗中升起，白日高温里蒸腾出来的大量水汽，此刻就在低温中凝结出来，化成晶莹剔透的露珠。

蝉声不再整日喧嚣，它只在太阳底下作着最后的歌唱。无边无际、无穷无尽的是虫吟，其中最有名的，当然是蟋蟀。蟋蟀古代又称促织，促织促织，催促纺织，因为天气越来越凉了，该准备寒衣了，而夜的清凉与安宁里，正适合织女们和母亲们纺织、剪裁、缝纫。

但蟋蟀们的歌唱却不是为了陪伴织女们的寂寥，造化安排植物们开花、动物们歌唱和舞蹈，却只是为了促进物种的繁衍生息。是的，你所听到的都是爱情的小夜曲，它们身不由己地歌唱着，只是为了在寒冬来临之前找到爱情，把种子——也就是虫卵——留在世界，而它们中的大多数，将度不过接下来的寒冬。

大地上的植物也是如此。凉意是寒冬遥远的信号，它轻轻一吹，万物悚然变色,各自匆匆忙忙开始了生命对抗寒冷的战备。

植物们依然抓紧最后的时间,把最后的骄阳转化为甜糖。

累累的果实无非是把生存的希望寄托在种子身上,希望它们中的一小部分,能够躲过饥饿的动物,躲过寒冷的冬季,成为明年春季来临时萌芽的接班人。

鸟类和哺乳动物,该趁着食物空前丰盛的时刻,喂饱自己,养肥自己,膘满肉肥才是大自然此刻的流行之美。没有母亲们编织寒衣,那就自己动手,把稀疏的夏衣换成稠密的冬裘。

冷血动物,也就是不能恒温的虫类、蛙类、蛇类,它们侥幸不死的,将准备用漫长的睡眠来熬过冬季,此刻需要做的就是进食、进食、进食,把植物的甜糖化为自己的脂肪,然后寒冬来临之时,找个洞穴睡下,希望自己醒来时,会有一个温暖且丰盛的春天。

大多数鸟儿能够在大地上迁徙,于是它们抵御寒冬的方法,就是回到遥远的南方——鸟群中的近一半是刚刚在北方出生长大的新鸟,没有到过南方,于是基因里的神秘编码,父辈们的生存经验,此刻就成了远征的指南针和向导。

最北边的鸟儿已经启程,它们中最著名的,就是夏天生活在西伯利亚的大雁。它们飞越草原和荒漠,飞越阴山,来到古中国的第一站,就此被称为"雁门关"。此刻雁门始开,陆陆续续,前前后后,自北而南,大雁们将开始出现在北温带的土地上,每一块水草丰茂、鱼虾繁盛的湿地,都将是它们远征途中暂时安顿的天堂。

这是所有生命的丰盛时刻。

这是古中国的诗人们最高产的灵性季节。

想引用秋天的诗歌，必将遭遇丰盛的贫瘠，因为落选的诗歌里，总有着比引用的诗歌更贴切的句子。

唐诗宋词里，泛滥成灾的就是秋天的诗歌，要找最质朴、最动人的秋诗，还须到更古老的文字中找寻。

说"蒹葭苍苍，白露为霜"则是太早了。秋很漫长，立秋和处暑，完全站在夏的阴影里，白露才是第一阵秋凉，后面还有秋分、寒露、霜降。"白露为霜"，是一个多月以后才有的风景。

战国时宋玉的《九辩》，也许是所有后来秋诗的伟大起源，可惜太长。

汉朝无名的歌者曾经朴素而动人地唱道：

> 明月皎夜光，促织鸣东壁。
> 玉衡指孟冬，众星何历历。
> 白露沾野草，时节忽复易。
> 秋蝉鸣树间，玄鸟逝安适。
> …………

而三国曹丕《杂诗》里的沉郁灵动，完全不输给当时最杰出的诗人曹操和曹植：

> 漫漫秋夜长，烈烈北风凉。
> 辗转不能寐，披衣起彷徨。
> 彷徨忽已久，白露沾我裳。
> 俯视清水波，仰看明月光。

> 天汉回西流，三五正纵横。
> 草虫鸣何悲，孤雁独南翔。
> 郁郁多悲思，绵绵思故乡。
> 愿飞安得翼，欲济河无梁。
> 向风长叹息，断绝我中肠。

如果所有古典的汉诗都已经不能让你动容，那或者是你已经餍足，或者是你已经麻木。

如果这样，那么放下诗歌，把自己放逐到秋天里去，看看在秋夜清凉的感染下，你还是不是拥有北温带人类所共有的兴发感动。

节日

中元节，读首"鬼诗"吧

中元节，有人称为东方的鬼节。

既然是鬼节，我们不妨来读一首"鬼诗"吧：

盂兰盆道场即事

[明] 王彦泓

两月三丧哭不干，雁行相对雪衣冠。

红灯照渡同千盏，翠竹扬幡各一竿。

几处旧家都梦影，一丛新鬼暂盘桓。

他生未必重相认，但悟无生了不难。

其实这首诗原本有个很长的题目，叫《仲父水部公、世母焦孺人、余妻贺氏，相继奄逝。七月之望，同诸父昆弟设荐盂兰盆道场。即事栖感，因申慧命，用遣悲怀》。

题目和诗歌相参，理解起来就容易了：

"两月三丧"，就是题目里的"仲父水部公、世母焦孺人、余妻贺氏，相继奄逝"，一个是叔父，一个是伯母，一个是妻子，都是亲人，相继离世，诗人难免要"泪不干"了。

"雁行相对雪衣冠"，就是题目里的"七月之望，同诸父昆弟设荐盂兰盆道场"。三家人一起做盂兰盆道场，超度亡灵——家家都还穿着丧服，排列着跟随和尚们做法事。

望，就是农历十五日，月亮圆的时候。七月之望，就是七月十五日。如果说七月既望,那就是七月十六日了。每个月的月底叫晦,初一叫朔——朔是一个屰(逆)加一个月,意思是月亮又开始倒过来,由残缺走向圆满了。

但这个盂兰盆道场,却是个舶来品,它源自西晋时翻译过来的《佛说盂兰盆经》。不过可疑的是,古印度的历法七月十五日,难道和中国历法的七月十五日正好相同?

为什么盂兰盆节在中国很受欢迎?本来佛教是强调出世的,《佛说盂兰盆经》讲的却是一个佛教弟子救自己在地狱里受苦的母亲(也就是在中国戏剧中很有名的《目连救母》),和中国的孝文化高度一致,所以原本只是祭祖的中元节,从此就成了超度亲人亡灵的特别节日。

"翠竹扬幡各一竿",讲的就是三竿招魂幡下,三家人(一大家族)请僧人为自己刚去世的亲人做法事,求超度。

不过传入中国的佛教毕竟是大乘佛教,普度众生才是终极目标。所以除了家人请僧人为去世的亲人做的盂兰盆道场,还有公众性质的盂兰盆法会,而民间,还流行用荷花灯漂流河上,超度孤魂野鬼。这就是诗歌中所说的"红灯照渡同千盏"。

诗到这里,还没有出现"鬼"。

然后视角一转,就换到逝者那里了:"几处旧家都梦影,一丛新鬼暂盘桓。"

旧人成了新鬼,过去的家已经不再是自己的安身之处,过去的快乐、幸福、悲伤、平淡,都仿佛梦幻泡影,成了"前世往事"。现在他们还没有得到超度,还没有进入转世成为新的生命,暂时以鬼的形态，在人的世界盘桓。

诗的题目中说"即事栖感，因申慧命，用遣悲怀"，前四句讲的是事，而后四句就是感。感分两部分，一部分是悲，一部分是遣。五、六、七三句是设身处地，想象鬼的悲伤：有永别亲人旧家的悲哀，有魂魄飘荡的凄凉，有对记忆中一切的留恋，和对未来无知的恐惧。但最后两句却是"申慧命""遣悲怀"："他生未必重相认，但悟无生了不难。"

如果我们留恋此生所记忆的一切，那么我们前世有谁记得？

如果我们不曾留恋前世，那么奔赴来世之际，此生又何必恋恋不舍？

如果每一世都是全新的记忆，那么谈什么三生三世？

其实佛教还有一个更本质的领悟：缘起性空；万法皆空。在缘起性空的视野里，对生、爱诸物的留恋或执着，都不过是人性的一个妄念而已。

好了，"鬼诗"读完了，我要提个问题：古代的中国人，是如何把本土的祖先祭祀和佛教的轮回报应糅合在一起的？如果祖先不灭的灵魂已经进入轮回，成了另一个人，甚至成了另一种动物，那么我们祭祀祖先时，究竟是谁在听我们祝祷？

原来，在古中国和儒家的传统中，灵魂是不进入轮回的。人死后即为鬼神，鬼神能佑护子孙，但他们的力量却来自祭祀——如果没有了祭祀，他们就成了没有神力的野鬼。

如果不是为了超度祖先的亡灵，遥远的古代，我们的先人又为何在七月十五日这个时候祭祀祖先？

因为七月小秋，农作物陆续成熟，最早的收获，我们应该请祖先们先品尝啊。宋朝孟元老的《东京梦华录》说：中元前一日，即卖楝叶，享祀时铺衬桌面。又卖麻谷窠儿，亦是系在桌子脚上，乃告祖先秋成之意。

上元祭天，中元祭地，下元祭水。

上元（正月十五日）祭天，因为那是一年中的第一个月圆。

中元（七月十五日）祭地，因为那是大地开始丰收之时。

下元（十月十五日）祭水，因为那是河水开始成冰的时节。

原来，中元节是一个模模糊糊的秋尝节啊，这就对了！吃去！

如果觉得"鬼诗"不够爽，自己也没有什么亲人需要缅怀，那么换一首中元诗读读吧：

中元夜百花洲作

［北宋］范仲淹

南阳太守清狂发，未到中秋先赏月。

百花洲里夜忘归，绿梧无声露光滑。

天学碧海吐明珠，寒辉射宝星斗疏。

西楼下看人间世，莹然都在清玉壶。

从来酷暑不可避，今夕凉生岂天意。

一笛吹销万里云，主人高歌客大醉。

客醉起舞逐我歌，弗歌弗舞如老何。

秋分

—— 秋分释名 ——

秋分,八月中。解见春分。

——《月令七十二候集解》

白话：

秋分,是八月的第二个节气。意思可以参考春分。春分节气里曾说,分,是一半的意思。春分、秋分,都是九十天中的一半,所以称之为春分、秋分。

—— 秋分三候 ——

（初候）雷始收声。鲍氏曰：雷,二月阳中发声,八月阴中收声入地,则万物随入也。

（二候）蛰虫坏户。淘瓦之泥曰坏,细泥也。按《礼记注》曰：坏益其蛰穴之户,使通明处稍小,至寒甚乃墐塞之也。

（三候）水始涸。《礼记注》曰：水本气之所为,春夏气至故长,秋冬气返故涸也。

——《月令七十二候集解》

白话：

秋分及后五日物候：雷声开始减少,将逐渐消失。鲍氏说：雷,二月阳气上升时开始发声,八月阴气上升时逐渐收声。雷声入地消失,万物也将随之藏入大地。

秋分后五至十日物候：冬天藏起来过冬的昆虫（蛰虫）开始制造泥窝。制造瓦片的泥土叫坯，是一种细泥。《礼记注》说：用细泥增加它们居住洞穴的门户，使和外界接触的地方变得小一些，到更寒冷的时候就堵塞整个洞穴的门户。

秋分后十至十五日物候：水开始干涸。《礼记注》说：水本是"气"所变化的。春夏两季，"气"降临天地，所以水量增加，水位升高；秋冬两季，"气"返回了，所以水开始干涸。

节气十六
昼夜均分寒暑平

这个日子注定不凡。

光明和黑暗、炎热和寒冷的战争终于谈和,和平笼罩了天空和大地,人类将拥有一段美好的时光,可以收割、忧伤、写诗,向往远方。

和平谈判的过程极为漫长,而协议就在今天凌晨 4 点 1 分 44 秒签署。

这一刻,太阳直射赤道;这一天,地球上昼夜均分。

秋分这个日子把整个秋天平分成两部分:前面的四十五天还一半沉浸在喧闹的夏里,后面的四十五天将越来越凉,越来越冷,最后沉没在冬的寂静里。秋,就是喧闹的夏和寂静的冬之间,拥有的一段繁盛和安宁。白热之王交出了帝的冠冕,而黑冷之王将在未来把它戴上——此刻,它们握手言和,大地属于清凉和丰收。

太阳光在地球上的运行规律,不是绕着地球转一个圆圈,而是像钟摆在地球上来回摆动:左摆的顶端是北回归线(夏至),右摆的顶端是南回归线(冬至),中间每一次都要路过的,就是赤道(春分、秋分)。

在全部二十四节气中,夏至和冬至是相对立的两极——夏至是白,是热;冬至是黑,是冷。而春分和秋分是两个昼夜均等的平分点,只不过春分是由黑而白、由寒而热的中点,而秋分是由白而黑、由暑而冷的中点。

二十四节气中，唯这四个日子最为鲜明，其余的节气，就是以它们为基准，继续把一个圆均分。

从今天起，北半球大地上的阳光将日益偏斜，白日将日益短暂，但南半球的演出正好相反。所以地球上还有大片土地和海洋将越来越光明，越来越温暖，长着翅膀的鸟儿，将成为活了千百万年的夸父，再度逐日，追寻太阳带来的光明和温暖。

"八月雁门开，雁儿脚下带霜来。"不是鸿雁把寒霜带来，而是鸿雁和其他的鸟儿，躲避着身后的冰霜——轻度的寒冷意味着昆虫蛰伏，而凛冬则意味着水面结冰，草木凋零！以昆虫为食的燕子们，以蚌螺和鱼儿为食的天鹅、鹬、鹳、鹭们，以及草食的大雁们，必须赶在冰冻来临之前，离开北方。

此刻，西伯利亚的土地开始自北而南逐渐冰冻；十多天后，蒙古高原的土地也将逐渐冰冻。古代的这些日子，扼守在游牧民族和农耕文明之间那些关隘——雁门关、张家口、山海关、玉门关上，那眺望着北方的士兵们，将每天看到鸿雁结队南翔，而寒意也将随之而来。

万里长城和城墙上的士兵们，或许挡得住北方的骑兵，却挡不住寒流向南方的侵略，再过一个来月，霜冻将越过长城，逐步侵占中原大地。

雷神一定也是长着翅膀的迁徙者，但它比候鸟们跑得更早——它所到之处，一定掀起它特有的波澜。滂滂沱沱，淅淅沥沥，这就是传说中的秋雨和秋水。而这一阵雨过后，雷神远遁，天空明

汝丰吾去岁汝桥吾见此白石并题

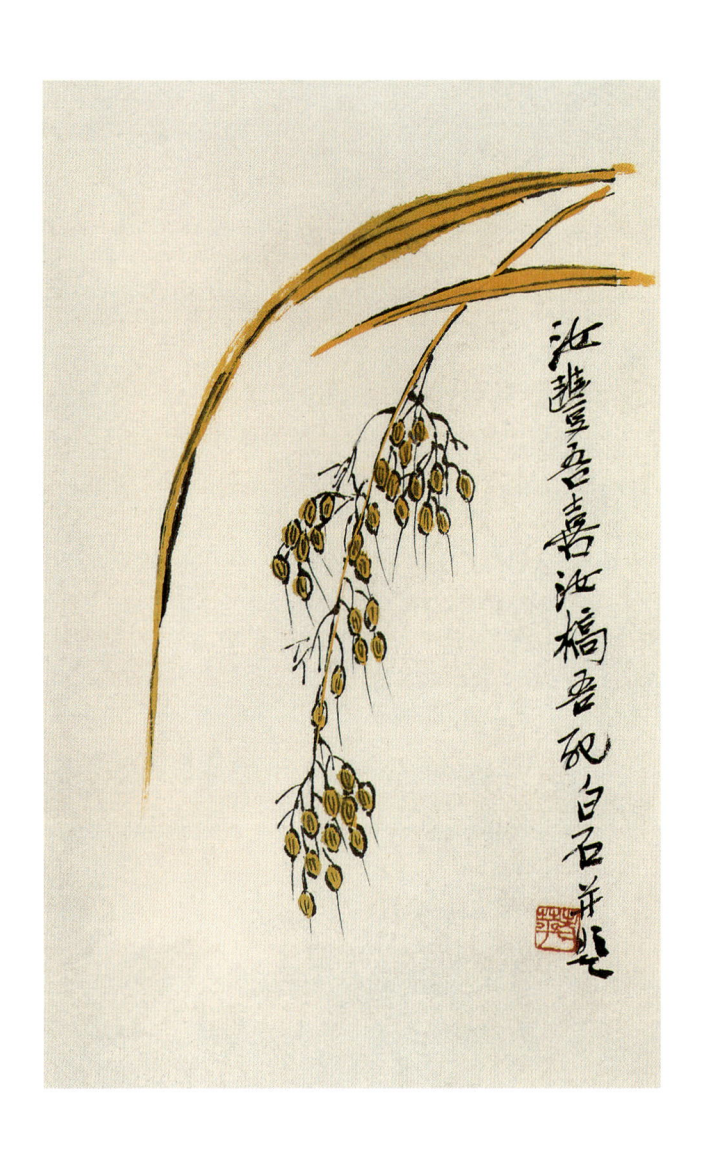

净高爽，又变成了传说中的秋高气爽。

春分是落叶树最盛大的节日，但秋分却不是它们的谢幕日。只要冰霜未至，它们就要继续用绿叶汲取最后的阳光。而此刻，霜冻还没有越过阴山，更没有越过雁门关，所以，古中国的大地上，自北而南，依然一片绿色。

南方的晚稻已经结穗，但依然青葱，那些心急的已开始泛黄，青黄相接，美得特别。北方的粟米和高粱早已成熟，正陆续收割——它们比自然界的草木更早一些成熟，那是为了让出珍贵的土地，可以种植秋播的麦子啊。诗人的三秋，是初秋、中秋、深秋；而农人的三秋，是秋收、秋耕、秋种。秋收的晚稻是比早稻可口的米饭；神农驯化、后稷发扬的粟，也就是小米，以及同一科的黍（也就是黄米），在玉米和番薯传入之前，是干旱北方最重要的夏季作物；而三四千年前来到中国的麦子，早已经成了这片土地真正的主人。秋收，是农人们对太阳的感恩；秋播，就是农人对大地最虔诚的祈祷。

秋分时节，南方依然万物昌盛，蝉声和蛙鸣越来越稀疏，虫声却是越来越盛大。虫子们和蛇蛙们都并不忙着进洞，所以，燕子和白鹭们自然也并不忙着南迁。在凛冬统治大地之前，万物并不提前哀悼，惊恐万状，它们和诗人们一样，此刻得抓紧时间歌颂爱情，享受着清凉。

节日
后羿、嫦娥和中秋

中国人的月亮被一个故事彻底定型：嫦娥奔月。

谁都知道那个故事，但是却很少有人追问这个神话产生的根由——如果有人追问了，基本上也没人能够说得清楚。

历史上至少有过一个后羿，他生活在夏朝，曾经通过推翻原有的夏王太康，拥立一个傀儡夏王，而自己掌握了实权，掌权达八九年之久。

后羿这个名字让我们想起后稷、后土，所有这些概念里的"后"，都有掌管的意思，其实本来和"司"源自同一个字。在甲骨文里，"司"和"后"就像"左"和"右"，就是两只左右手的细微差异，但因为右撇子多于左撇子，所以左（佐）慢慢就成了辅佐的意思。最初，无论是"司"还是"后"，都是掌管的意思。司马，掌管骑兵；司空，掌管建设；后稷，掌管农业；后土，掌管大地……后来，因为"后"上面的是左手，而左手起辅佐作用，所以就专用于王的妻子：王后。于是后母，就成了"大王的妻子，我的母亲"的意思。后母辛鼎，表示埋葬或祭祀她的是她的儿子，在她去世的辛日进行了祭祀，这个鼎就是祭品。

后羿，就是掌管弓箭者。因为羿就是弓箭的意思，上面的羽，就是羽箭，和习（習）上面的羽表示箭一样；下面是双手。

后稷，无疑是一个官职，但它应该是世袭的。哪个部落盛产粮食，那么理所当然就应该当后稷——当年的秦地（甘肃南部和关中平原）还是周族发家的沃土，应该是当时中国最肥沃的地方，那个部落的领袖，就被推举或者任命为后稷，理所当然。

那么后羿就应该来自盛产弓箭和弓箭手的部落，是那个部落的首领。

据说夏族崇拜的是龙，商族崇拜的是鸟（我曾考证玄鸟是猫头鹰），而两个部落未分家前叫昊族，后分为太昊、少昊二族，他们共同的图腾是太阳。从三星堆青铜文物太阳轮，可猜测夏族的太阳崇拜依然盛行。

那么有无可能后羿射日的神话，就是后羿部落篡夺夏朝这段历史的曲折表述？而射落一个太阳，用神话语言想表述的，是不是就可以是篡位一年呢？

当然无法证明或者证伪。毕竟成熟的文字是商朝时候才有的，在此之前，永远只有借助声音的传说，而声音是流动性太强的，它可以把商契，说成仓颉，最终还是靠文字才勉强保留一点点信息。而即使是商朝，他们也不会想到要去记录夏朝时候的往事——这样的历史爱好，是到周王朝才有的。

整理于周朝的《尚书》记录了后羿篡位的故事："太康尸位，以逸豫灭厥德，黎民咸贰，乃盘游无度，畋于有洛之表，十旬弗反。有穷后羿因民弗忍，距于河……"

这几乎是中国最早的历史文献故事了。

那嫦娥是何时出现的？

目前能够看到的最早的关于嫦娥的记录，来自出土的"秦简"，

据说就是《归藏》一书，模糊的文字依稀可以辨认："归妹曰：昔者恒我窃毋死之……奔月而支占。"至少能够看清"恒我"以及"奔月"，以及偷不死药的意思。

这说明至少在战国时代，嫦娥的故事已经广为人知。假如《归藏》真是商周时候的占卜书，那么她就是在商周时候就出现了。刘勰在《文心雕龙》里说："《归藏》之经，大明迂怪，乃称羿毙十日，嫦娥奔月。"

西汉时期的《淮南子·览冥训》上说："羿请不死之药于西王母，姮娥窃以奔月，怅然有丧，无以续之。何则？不知不死之药所由生也。是故乞火不若取燧，寄汲不若凿井。"

东汉时期高诱作注解说："姮娥，羿妻。羿请不死之药于西王母，未及服之，姮娥盗食之，得仙，奔入月中，为月精。"

文字的细节是越来越清晰了，但也许当时确实有某些地方的民间传说可以作为依据。

这个西王母，在周穆王的传说中还将出现，其实就是住在昆仑山的某个西方部落。昆仑山盛产和田美玉，早在殷商的帝王墓葬中（如著名的妇好墓），就大量出现和田玉，这表明西王母和昆仑山，不完全是凭空想象。而著名的玉门关，就在河西走廊的尽头，远远眺望着看不见的昆仑山——那是玉石远道而来的地方。

为什么一会儿是恒娥，一会儿是姮娥，一会儿又成了嫦娥？这名字里有什么奥秘？

按汉字的创造方式讲，姮和恒都脱胎于"亘（亙）"字。亙，就是天地间一个月亮，用天地间月亮的圆缺变化，来表达变化中永存的事物。所以就意思来说，它是"恒"；如果要把它神化为一个女性，它就是"姮"。后来避汉文帝刘恒的讳，恒娥（姮娥）就一律改成了"嫦娥"——同时，《道德经》中的"道可道，非恒道"也就变成了"道可道，非常道"了。

也就是说，姮娥这个名字本身，就意味着它来自月亮，它是缘月亮而创造的。必定是先有月亮，然后才有此名——至于是凭空创造了一个故事，还是为一个活生生的人编撰了一个与月亮有关的神话，然后把她称为姮娥，那就不得而知了。而且这对神话来说也并不重要，对神话来说，重要的是解释现象，譬如不太成功的不死药，就有可能是用来解释月亮圆缺的原因的。

一个源于历史的太阳神话，与一个关于月亮的神话，注定就有需要结合在一起的冲动。何况也许本来就是后羿夺了太阳族大王的妻女，或者他自己的妻子最后被太阳族夺去了，然后就有了姮娥的传说——月亮天生就是太阳的配偶。

无论哪一种原因，射日的后羿和奔月的姮娥，注定要在故事里结合到一起。

但中秋呢？中秋又从哪里来呢？

《礼记》上记载："天子春朝日，秋夕月。"意思是说春天的某个早上，天子要祭拜太阳；秋天的某个晚上，天子要祭拜月亮。那么究竟是哪一个夜晚呢？经学大师郑玄注解说："王者父天而母地，兄日而姊月，故常以春分朝日，秋分夕月，况人得不事耶。"

原来，最初定的日子是秋分！也对，如果一个历法以农耕为主，那么它就必然以太阳历（在农历中也就是二十四节气）为主导。

但问题来了，你要去拜月，可是秋分那一天的月亮很可能不给你面子，它根本就不出来啊。

有两个日子平分了整个秋天，但它们不在同一天，是因为对哪段日子算是秋天的理解并不一致。

根据月亮历，七、八、九三个月是秋天，八月半那天，就是三个月的平分日。

根据太阳历，从立秋到立冬前一天这约九十天就是秋天，中间的秋分，就是秋天的平分日。

它们都有道理，从农耕来讲，立秋更为准确；从关于月亮的节日庆贺来讲，八月半更为适合。也就是说，你要拜月，那得有月亮才对。最好时间正好就是在太阳下去、月亮升上来时；最好升上来的就是一轮满月——而每个月的"望"日，也就是十五，正好就是这样理想的完美月相！

所以，祭拜太阳得用太阳历，定在春分；祭拜月亮最好用月亮历，定在八月十五（至少民间采用了这样的折中办法，至于必须守着《周礼》的官方，就另当别论了）。于是在秋分之外，再添一个中秋，一个平分了秋，一个在秋的中间，和谐并存！

用什么祭拜呢?

至少到宋朝，便有了各种祭拜的糕点，慢慢就模拟月亮，成了圆圆的月饼。

后来元末朱元璋起义的时候，还曾经用中秋月饼作起义的暗号，从此圆形就成了法定的形式——不仅金庸的《倚天屠龙记》里有过文学化描述，而且现实生活里，至今有元朝将领的后代，虽早已经完全汉化了，且一直生活在中原，但家族几百年来却每逢中秋节从不吃月饼——这是纪念他们元朝祖先的原因。

寒露

寒露释名

寒露,九月节。露气寒冷,将凝结也。

——《月令七十二候集解》

白话:

寒露,是九月的节气。寒露名字的由来,是因为这时候气温下降,露水寒冷,即将凝结为霜。

寒露三候

(初候)鸿雁来宾。雁以仲秋先至者为主,季秋后至者为宾。《通书》作来滨。滨,水际也,亦通。

(二候)雀入大水为蛤。雀,小鸟也,其类不一,此为黄雀。大水,海也,《国语》云:雀入大海为蛤。盖寒风严肃,多入于海。变之为蛤,此飞物化为潜物也。蛤,蚌属,此小者也。

(三候)菊有黄华。草木皆华于阳,独菊华于阴,故言有桃桐之华皆不言色,而独菊言者,其色正应季秋土旺之时也。

——《月令七十二候集解》

白话:

寒露及后五日物候:鸿雁陆续自北向南,路过中原、江南。宾,是客人的意思。先来者为主人,后来者为客人,这意味着鸿雁快要过尽了。鸿雁，以仲秋八月时候先到的为主，九月季秋后到的为宾。《通书》把"宾"写作"滨"，意思是水边。也说得通。（鸿雁只是路过，都是宾客，而不是中原、江南地区的主人。这里为了和白露节气的"鸿雁来"作区别，强加解释了。事实上，鸿雁路过中原和江南，是一个相当漫长的过程，而且也有少数鸿雁是停留在中原和江南的湿地过冬，而成为主人的——中国之大，只限于一隅的古人很难观察到完整的物候系统。）

寒露后五至十日物候：黄雀进入海水里，变成蛤蜊。雀，是一类小鸟，品种很多，这里变为蛤蜊的是黄雀。大水，指的是大海。《国语》说黄雀进入大海为蛤蜊，是因为天气太冷，所以许多黄雀就进入大海变为蛤蜊。这是飞行的生物变化为潜水的生物。蛤蜊、蚌，是生物变化中比较小的一类。（雀化为蛤，和腐草化萤一样是错误的因果推断所致，和物候本身无关。雀字，上面是个"小"字，下面是个"隹"字，隹是短尾巴鸟的意思，所以雀就是小的短尾巴鸟。黄雀成群飞行，容易被观察到，但冬天经常到隐蔽的山林觅食过冬，而蛤蜊等贝类，恰恰是在冬天被渔民们捕捉售卖，所以人们以为它们化为了蛤。）

寒露后十至十五日物候：菊花开出了黄花。草木大多在阳气盛的春季开花，只有菊在阴气盛的秋季开花。为什么人们在讲到桃花、桐花时都不说它们的颜色，而只有菊花总要说到它的颜色，这是因为菊花秋天开放，正应了秋季土气旺的时令——土气是黄色的。

节气十七
谁为秋色赋新词

白露,秋分,寒露,霜降,四个词,构成一年中最美好的一段时光。

另一段最美好的时光,则由惊蛰、春分、清明、谷雨这四个词语组成。

惊蛰,是春天震醒万物的那声号令,而秋天想要鸣金收兵,却少了一位司号员。

谁在提醒秋的来到和即将离去?

秋的预兆来自梧桐在凉风里的第一片落叶,一叶落而知天下秋,可是四野里明明还是满目的绿意,从一片叶子落下来,到无边落木萧萧下,还隔着整整一个秋天。

如果秋也有一个由盛而衰的过程,那秋分和寒露,就该是它最盛大的时刻。

盛大的秋,本该就是盛大的丰收。

这个盛大的时刻,在江南,由桂花、螃蟹、鸣蛩、诗歌见证;而在塞北,木叶就是唯一的主角。

自秋分到寒露,南方的空气正被桂花占领——这是让人心悦诚服的征服,甜美的芳香弥漫整个白日,整条街道,整个公园,一瞬间,仿佛生活中所有的不快,都溶解在这神奇的气息里。

可惜古诗词能描绘画面之美,能传达音韵之妙,唯独对这芬芳的转达却无能为力——今天的微博、微信，对此依然是束手无策。

不知是巧合，还是谁受到了谁的暗示，东方的中国和西方的雅典，都把赢得第一和桂花联系在一起。奥林匹克运动会的"桂冠"，中国古代科举考试的"折桂"，一武一文，背后都有一个古老的传说，传说里都有一个孤独的女子：逃避太阳神阿波罗爱情的达芙妮，逃避射日的英雄后羿婚姻的嫦娥……

说起嫦娥，无论是山冈上一轮静静的满月，还是新月如弓、凉月如眉，月亮在这个季节里总是分外地惹人注目。

"露从今夜白，月是故乡明。"夏天的月只不过意味着暑热里的一丝清凉，而寒露时节的月，和无边无尽的蛩声交融在一起，想作久久的眺望，已经需要添一件秋衣，才能抵御这清辉里的凉意。

孤独和思念总是相伴而生，但不知道它们又肇始于何处，是月的清辉，还是夜的凉意，再或者，是木叶苍苍带来了凋零的信息？仿佛一切都能够逗引出诗人们的离愁别绪，哪怕身在故乡，也平白地忧伤起来，把远方当成精神的家园，把自己当成放逐在此地的过客。

一代代中国人，就这样把孤独咀嚼成不朽的诗篇，成为后来者取之不尽的财富，也成为后来者难以翻越的山峰。

秋还在这里，夜的寒意还在，明月还在，蛩音还在，一切都被古老的词语规定了。甚至在现代城市的夜空里，我们仿佛还能听到遥远的寒山寺的钟声。

春和秋，以瞬息变化的万物，引发了诗人们的存在孤独和对精神归宿的急切寻觅——但这样的情绪不仅仅属于诗人，它属于每一个征夫和他的妻子，属于每一个在瞬息流逝的岁月里追问此在意义的生灵。

诗人,只不过是替所有沉默者在道说。

这沉默的,包括万物。

和诗人不同,农人们以双手触摸万物。

寒露时节,在遥远的北方,伟大的麦子开始播种,而在南方,同样伟大的水稻正在收割。

这是比诗句更亲切的创造物,它们的金黄里有着人类最初的喜悦和辛劳。它们也是一切诗句和数学公式的地基,是公平公正和博爱无私的基础。

如果古老的诗人们没有说出这一切,那么未来的诗人们将前来道说;未来的诗人们将从太空眺望地球的升起和落下,沉思人类前所未知的命运。

确实,古老的诗人们留下太多视而不见的错缺,就像这稻谷的金黄,怎么就没有足够数量和质量的诗篇,来加以赞美和感恩?

也许人类注定是感性而且短视的,要打动他们,必须更直接一些。

金黄的带着芒刺的稻谷不能,而带着金黄膏脂的螃蟹就能。这是和桂花一样,能打动所有国人的秋天的物候。

"蟹螯即金液,糟丘是蓬莱。且须饮美酒,乘月醉高台。"这是逍遥派李白的。

"不到庐山辜负目,不食螃蟹辜负腹。"这是美食家苏轼的。

"充盘煮熟堆琳琅,橙膏酱溎调堪尝。一斗擘开红玉满,双螯啰出琼酥香……"这不是什么诗人,这是每一个垂涎欲滴的食客的。

人类就是这样喜欢惊奇，那日日养育着他们的稻米和麦子，几千年来就没有化作同样动人的诗句。

就连树叶，他们也偏爱那瞬间装点了大地的斑斓，而厌憎这秋尽江南草未凋的单调。

北方的寒意背后紧紧追着冰霜，于是整个十月，就成了树木无尽缤纷的表演季节。那样的斑斓，惊心动魄，甚至比江南春花的盛放，观感还要更为强烈——毕竟，这是一幕悲剧的高潮，它不是喜剧，它打动人类的，不是优美，而是崇高，那牺牲前绽放全部生命的壮烈。

但这寒流在边塞被阻拦，双方反复拉锯，好不容易寒冷入了关，又在中原大地、淮水流域打起了持久战。

江南一直是偏安的远方，绿色在此地可以一年四季地保留，这是它的荣幸，也是作为秋和冬的不幸。

战斗远在北方以北，南方属于明月、虫吟、桂香和淡淡的忧伤。

此刻，黎明之前，依然听得到的，是清澈的蛩音；再也听不到的，是捣衣声、剪刀声，甚至，包括脚踏缝纫机的嗡嗡声。

能刻画今晚的诗句都并不浓烈，但清澈绵长：

> 空山新雨后，天气晚来秋。
> 明月松间照，清泉石上流。

或者是：

> 移舟泊烟渚，日暮客愁新。
> 野旷天低树，江清月近人。

霜降

—— 霜降释名 ——

霜降,九月中。气肃而凝露结为霜矣。

——《月令七十二候集解》

白话:

霜降,是九月的第二个节气。这时候,天气寒冷肃杀,水汽本凝为露,现在变成了霜。

—— 霜降三候 ——

(初候)豺祭兽。祭兽,以兽而祭天,报本也。方铺而祭,秋金之义。

(二候)草木黄落。色黄而摇落也。

(三候)蛰虫咸俯。咸,皆也;俯,垂头也。此时寒气肃凛,虫皆垂头而不食矣。

——《月令七十二候集解》

白话:

霜降及后五日物候:豺狼用捕杀来的野兽祭祀天地。祭兽,就是用兽来祭祀天地,回报天地的恩德。祭的办法,就是把猎物平铺开来,符合秋金肃杀之义。

霜降后五至十日物候:草木的叶子变为黄色,再枯萎飘落。

霜降后十至十五日物候：冬天要藏起来过冬的昆虫都蛰伏了。俯，低头，这里是蛰伏的意思。这时候寒气肃杀凛冽，昆虫都低头蛰伏，不再进食了。

节气十八
草叶的诡计，木叶的传奇

雁门关告急，山海关变色，玉门关和嘉峪关已经在一阵阵西风中竖起了降旗……

寒流扬鞭南下，边塞在霜降前后逐一失守。

寒流长驱直入，北方的土地正大片大片沦陷。

战争的地点，先是在燕山和阴山，接着在贺兰山、祁连山和太行山；而越过了燕山，北京就裸露在寒风中；越过了阴山，鄂尔多斯高原、陕北黄土高原、陇山东西就相继变色，长安城岌岌可危；越过了太行山，古中国或者说中原大地就袒呈在寒流之前……

古长城所陈列的地点，不仅仅是游牧民族和农耕文明的分界线，也是寒冷和温暖的分界线；每一年，寒流就是从高原，从北方，跨着西风这匹战马一路向南，先是反复侵扰，最终彻底肆虐北方的城市和土地。

玉门关，$-1℃ \sim 15℃$；

嘉峪关，$2℃ \sim 15℃$；

雁门关，$3℃ \sim 18℃$；

山海关，$4℃ \sim 17℃$；

…………

这还是城镇的温度，旷野和山林温度更低，当晴朗的夜晚某一刻温度降到 $0℃$ 时，本来凝成雾的水汽，从此就凝成了霜。

霜是一个最鲜明的信号，表示寒冷的统治即将来到，而它的严酷和残暴是绝大多数生命不能承受的。

所有的生命在时间中各自进化出对抗寒冷的策略。

候鸟才不管人们说它是逃跑还是迁徙，向南方去，这是它们辛苦但绝对可靠的办法。

不是所有的鸟儿都飞走了，至少被人瞧不起的麻雀和英勇的鹰一道留下来了，留下来的，还有把巢筑在树枝顶端的喜鹊。

最近麻雀在一个劲地狂吃——谁让秋天的旷野有这么丰盛的食物？它们吃得空前肥壮，肥壮得让人怀疑还能不能飞起来。再加上刚换上一身厚厚的羽绒服，胖嘟嘟的，真像是一团团又会蹦又会飞的小绒球。

大地慷慨起来，到处提供免费的粮食，供远行和留守的动物食用。那些粮食其实就是禾本科植物对抗寒冷的策略：挡不住寒冷，那就枯萎或者休眠；但它们已经用整整一生的时间积蓄阳光，复制出了无数个来年反击的希望——每一粒种子，都携带着这个物种的全部智慧，有默默的辛劳，也有绝妙的诡计。

这个诡计还包括利用自己的尸体，为后代开辟出更大的生存空间：

离离原上草，一岁一枯荣。

野火烧不尽，春风吹又生。

野草渴望着野火，所以它进化成干枯后特别容易燃烧的样子。野火将烧死同野草竞争阳光和水分的树木；而野草，则能以根茎和种子的方式在大火中保存下来，在明年的春风春雨里，更好地复活。

于是在地球上，就有了稀树大草原这一特别的景观。人类本就是随稀树大草原一道诞生，所以对于它，在我们的记忆深处，永远有着最亲切的记忆，草原和远方，便是人类埋在基因里的乡愁，只要一看到这样的风景，一读到这样的诗歌，我们就会不由自主地兴奋和向往：

敕勒川，阴山下。天似穹庐，笼盖四野。

天苍苍，野茫茫。风吹草低见牛羊。

北方的树木用两种方式对抗寒冷：或化为针叶，变得耐寒耐旱；或落尽树叶，作整整一个冬天的长长睡眠。

而落叶的时刻宛如天鹅临死前的绝唱，美得令人动容。

你也可以浪漫地想象成这是树木在大地沦陷之后，作着最后的顽强抵抗，这是一片片叶子在轰轰烈烈地赴死，把它们的全部热血洒在风中，整个大地将因此变色。

这是对秋叶的一个浪漫解释，把智慧的落叶树，误读成了悲壮的战士，却好像更符合我们的心意。

无论如何，中国文化中，落叶有着崇高的地位。

它是生命短暂的警示者，是岁月匆匆的敲钟人。

它和春花一样，是大地变幻的色彩，是人心摇荡的原因。

它的陨落原本只是树木为了保存生命的实力，不在寒风中作无谓的抵抗；但它们陨落时的灿烂，却是每一片叶子在为自己的一生，向整个世界作谢幕和告别。

叶子的背面叫自然，叶子的正面叫诗意。

赶大老远去特意观赏落叶，总仿佛有些什么不妥；就像偏爱落花，而不是它的开放和结果。

霜降是秋天的最后一个节气，霜降十五天，是秋天剩下的全部时光。

但，秋尽江南草未凋。

蛩未噤。各种秋虫依然整夜整夜地吟唱，甚至蝉，也没有全部退出搭建了一整个夏天的舞台。

雁未至。黄河流域和淮河流域远未冰冻，随带绒衣的它们，并不着急赶去南方。三门峡水库观赏天鹅的最佳时间，还需大约一个月。

叶未红。天暖时，江南的红叶会延期，这让期待赏叶的人很不开心，很是着急——可是，这是木叶的凋零啊，即使我们赞美它凋零时刻的艳丽，但这毕竟是它的死亡啊。

由大地逼上前来的风物，到人类圈起来期待着的风景，这转换之间，有什么已经悄然失落？

江南，远在南方的江南，此刻依然在温暖和凉意中偏安。

山依然青，树依然绿，偶尔有一棵两棵红了黄了的树，就成了惹人注目的风光。

唯有柿子，几乎和北方同时凋零了叶，点起了灯——这火红的灯盏，一直可以等秋叶凋尽，依然高高地挂在光秃秃的枝头，这是它多么骄傲的时刻。

而且，没有霜，它就在自己的果实上创造出霜来，这是何等应景、何等敏慧的树啊。

冬

大寒 小寒 冬至 大雪 小雪 立冬

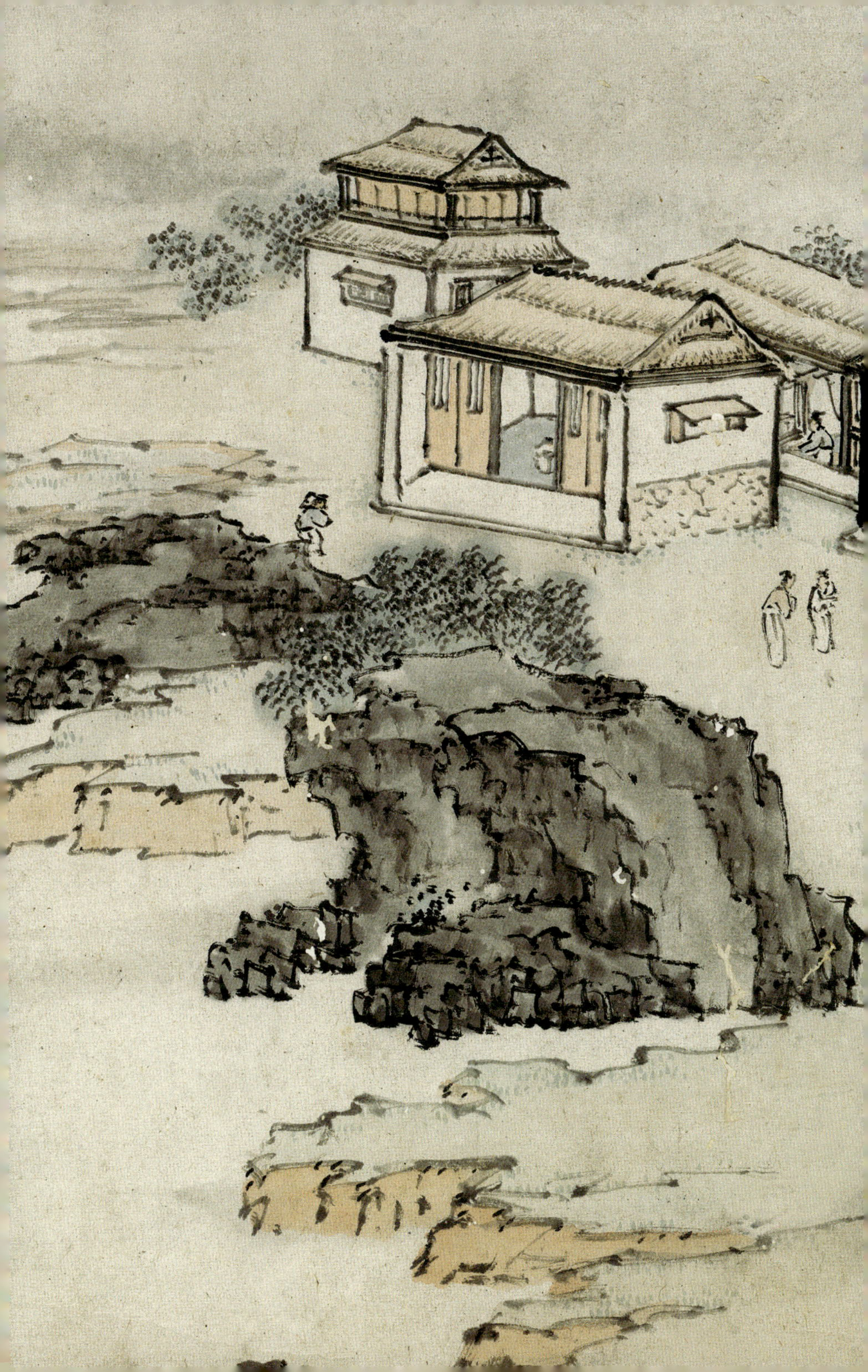

立冬

立冬释名

立冬,十月节。立字解见前。冬,终也,万物收藏也。

——《月令七十二候集解》

白话:

立冬,是十月的节气。立的意思,和立春、立夏、立秋相同,是建立、开始的意思。冬,就是终,终结的意思。到了冬季,万物都收敛起来、躲藏起来。

立冬三候

(初候)水始冰。水面初凝,未至于坚也。

(二候)地始冻。土气凝寒,未至于拆。

(三候)雉入大水为蜃。雉,野鸡;郑康成、《淮南子》、高诱俱注蜃为大蛤。《玉篇》亦曰:蜃,大蛤也。《墨子》又曰:蚌,一名蜃,蚌,非蛤类乎?《礼记之注》曰蛟属,《埤雅》又以蚌、蜃各释,似非蛤类。然按《本草》车螯之条曰:车螯,是大蛤,一名蜃,能吐气为楼台,又尝闻海旁蜃气成楼垣。《章龟经》曰:蜃大者为车轮岛屿,月间吐气成楼,与蛟龙同也。则知此为蛤,明矣。……大水,淮也,晋语曰:雉入于淮为蜃。

——《月令七十二候集解》

白话：

立冬及后五日物候：水开始结冰。这时候仅仅水面有一层薄冰，还不厚实坚硬。

立冬后五至十日物候：土地开始冻结。虽然土气因为寒冷而凝结，但冰冻不厚，还不至于冻得开裂。

立冬后十至十五日物候：雉跳进淮河变成大蛤。雉，就是野鸡。（蜃一般解释是大蛤），但是依据《本草》关于"车螯"条目说：车螯是大蛤，又叫蜃。蜃能够吐气化为楼台。又曾经听说海边大蜃吐气成为楼垣。《章龟经》也说：蜃，大的像车轮甚至岛屿，月亮下吐气成为城楼，和蛟龙的神通相似。大水，就是淮水。《晋语》里记载：野鸡跳进淮水变成大蛤。

节气十九
今宵寒较昨宵多

秋色可餐，可饱餐。

北方的风景饕餮们还在享受着秋天的最后盛宴，南方的秋意终于也姗姗而至。

但无论南方还是北方，秋都比春逗留得更短，来得更迅猛，去得更仓促，绿色转瞬化为斑斓，又随即退潮，只留下北方无尽的枯黄，和南方呆滞、单调的绿。

但枯黄和呆滞并不是现在！

现在是萧瑟与辉煌并存，丰收与黯淡同在，是安居的农人们的满心喜悦，是漂泊的诗人们的盛大忧伤。

节气里出现"冬"字的时候，风景其实还在秋，而且是最盛、最大、最后的秋——难道我们不曾是在立春遇到了隆冬，在立夏看到了盛春，在立秋感到了炎夏吗？

立冬，就是在深秋里"眺望"下一个季节——冬——的来临。

立，就是建，立冬，表示冬天自今天开始上任。今天，就是划给冬管理的第一天。

但是，对于冬的来临，我们却不曾期待，不曾眺望，我们曾在漫长的寒冬期待春，在漫长的酷暑期待秋，但冬的来临却完全是蛮族的入侵，是专制的统治。

所以，就不必急着在微信朋友圈里发带霜、带雪、带冰的照片，除了塞北和高山，中国的土地依然是一片浓郁的秋色，无论是岁月流逝、身世浮沉的感慨，或者仅仅是对红枫黄杏由衷的喜爱，这都是生命被节气、被物候所撼动的敏感——而夏和冬，则是最麻木、最迟钝的两个季节。

即使冬的暴君已经上任，我们依然得为大地最动人的时节歌唱。

寒蝉鸣泣，蛩声缥缈，但丰收的信号还未结束，橙黄橘绿，柿子火红，而江南的田间甚至还有待收割的水稻！

待收割的，还有菊花田里的菊花，茱萸地里的茱萸，和诗人心眼里无穷无尽的词语。

灿烂的春花我们知道它开放的理由：诗意地说，为了爱情；科学地说，为了繁衍。但斑斓的秋叶如此璀璨，却似乎并没有什么生物学上的设计目的——它仅仅是面对死亡来临，唱出了最动人的歌谣。也许对树叶本身而言，红黄橙赭紫灰，都不过是凋谢前的偶然，是叶绿素衰败时刻其他色素的露面。但对人类而言，这是辉煌大剧的高潮时刻，是王子举剑刺向执矛的敌人，是主角

死亡降临时刻的悲鸣。

是幸运同时也很可惜,我们的诗歌先祖们,已经赋予落叶以深刻而固定的意蕴,虽然有"霜叶红于二月花"的例外,有"万山红遍,层林尽染"的反转,但落叶在中国人的心里,已经成了岁月无情流逝的钟声,生命沉寂时刻的回音。

秋,终于是叹息的,尤其是被迫被冬天管辖的秋色。

立冬诗词,较有名的是明朝王稚登的《立冬》:

> 秋风吹尽旧庭柯,
> 黄叶丹枫客里过。
> 一点禅灯半轮月,
> 今宵寒较昨宵多。

诗歌呈现物候非常准确,没有滥用霜、雪、冰这类尚不存在的事物,而用秋夜的凉意,写出了这几天生命最直接感受到的威胁。

同样观察入微的,还有宋朝仇远的《立冬即事》:

> 细雨生寒未有霜,
> 庭前木叶半青黄。
> 小春此去无多日,
> 何处梅花一绽香。

前两句几乎就是我此刻眼前的风景,只是诗人的心情未免太急迫了,他想要跳过整个冬天,直接去迎接春天——冬天到了,春天还会远吗?

可是,冬天的萧索里,小雪、大雪、小寒、大寒的沉寂里,真的没有生命特别的信息，值得我们去细细聆听吗？

幸亏，古人留下了足够丰富的冬的诗意，有"红泥小火炉"的惬意，有"天寒白屋贫"的清高，有"独钓寒江雪"的孤冷，也有"风雪夜归人"的暖意。

而深秋初冬，更是有数不胜数的诗句，倾诉着存在的孤独与诗意，而在寒冷和孤寂前，人之为人的脉脉温情，便更觉珍贵：

寄全椒山中道士
［唐］韦应物

今朝郡斋冷，忽念山中客。

涧底束荆薪，归来煮白石。

欲持一瓢酒，远慰风雨夕。

落叶满空山，何处寻行迹。

小雪

小雪释名

小雪，十月中。雨下而为寒气所薄，故凝而为雪。小者，未盛之辞。

——《月令七十二候集解》

白话：

小雪，是十月的第二个节气。雨从天上落下来，被寒气所侵入，就凝结成了雪花。称为小雪，是因为雪还没有盛大。（小雪、大雪，不是降雨量、降雪量的小与大，而是变成雪的概念的小与大。小雪，意思是开始出现雪，但也可能是雨。）

小雪三候

（初候）虹藏不见。《礼记注》曰：阴阳气交而为虹，此时阴阳极乎辨，故虹伏。虹非有质，而曰藏，亦言其气之下伏耳。

（二候）天气上升，地气下降。

（三候）闭塞而成冬。天地变而各正其位，不交则不通，不通则闭塞，而时之所以为冬也。

——《月令七十二候集解》

白话：

小雪及后五日物候：彩虹消失不见。三月阳气胜过阴气，所以彩虹出现了。十月阴气胜过阳气,所以彩虹隐藏起来看不见了。《礼记注》说:阴阳二气相交就产生了彩虹,到了小雪时节,阴气往最盛发展,阴阳二气分离了,所以彩虹隐藏不见了。虹没有实体,却说它隐藏,是因为它和气相关,是在阴气之下潜伏。(阴阳二气相交产生雷阵雨和彩虹看似不错,但为什么阴气到了极点彩虹不见了,但阳气到了极点却出现了彩虹?这和其他许多地方的变化推论一样,都是虽然仔细观察了,但因为理论不对、不够,所以因果关系还是错了。)

小雪后五至十日物候:天之气向上升,地之气往下降。

小雪后十至十五日物候:天地万物闭塞,就像是终结了一样。阳气下降藏到了大地中,阴气散布令水凝固,万物停滞,就像终结一样,这就是冬天。天地变化,万物各自在自己的位置上安居。万物之间不交往就不流通,不流通就闭塞,这就是冬天时节的情状。

节气二十
一份心情，某种意境

坐在初冬，秋在身后落了一地。

小雪，不只是一个节日，它更像一份心情，某种意境。

比秋更凉，但不是冷——身体早已觉得寒冷，但心还不冷；比秋更寂寥，但不是孤独——是浅浅的落寞和浅浅的思念，拒绝刻骨铭心。

霜，是天地间一个绝对信号，它意味着地球的血液——水——即将凝结。小暑、大暑的气态，意味着生命的狂野；雨水、白露的液态，意味着生命的丰盈；而霜雪冰冻，地球血液的固态，必然意味着大地的肃杀和生命的沉寂。

霜降时节，一天中只有子夜和凌晨，才有水汽凝为寒霜；到了小雪节气，长安、洛阳一带，天空中有可能直接就降下冰雪。

也有可能降下的依然是雨水——即使降下雪，大地也无法把它保留。小雪之小，不是雪的大小，而是雨和雪、水和冰的露面概率中，它依然为少。小雪，也就是雪开始出现的意思，是北温带的大地进入睡眠前的第三个哈欠。

夜意渐浓，客人逐一离席，但残酒尚温，歌吟时断时续，大地挣扎着张开困倦双眼，想要吐出它最后的诗句。

落叶满空山，这就是它的诗句，但若不是伟大的诗人翻译，我们无人能懂。

菜蔬清白傳家

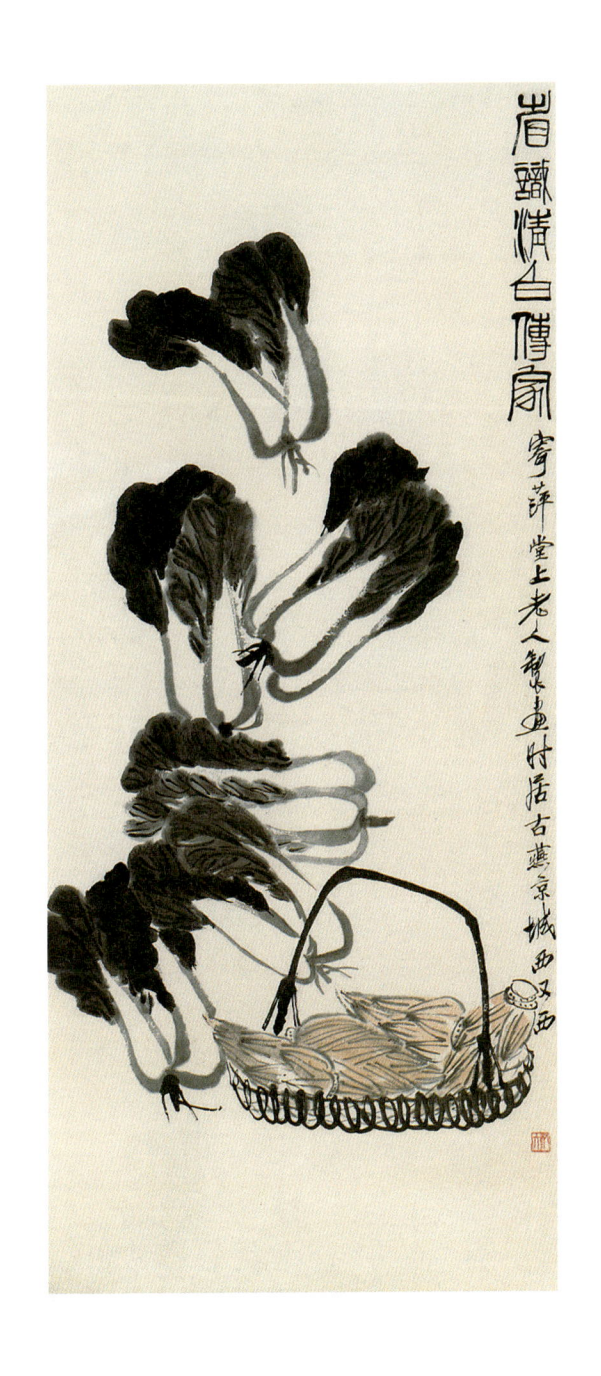

寄萍堂上老人製畫時居古燕京城西又西

就像一千多年前,当长安城的考官用《终南望余雪》为考题,众多考生中,唯有一个叫祖咏的诗人,道出了数十万长安城人眼中的风景:

终南阴岭秀,积雪浮云端。
林表明霁色,城中增暮寒。

这是小雪时节的长安城和终南山。降雪之后,只有山顶才保留了积雪,而终南山依然秀美,长安城开始寒冷。

以诗歌的方式来考取人才,这是何等诗意的国度,何等潇洒的时代——也许真是只有大唐才敢拥有、才配拥有的气象。

而数天前的西安城,银杏金黄,樱树橙红,木叶在秋风中作最后的舞蹈。今天,最低气温降到零下,如果有降水,将成小雪。

燕子早已远离了中原,因为飞虫已经在大地销声匿迹——销声匿迹,不是这个词语的比喻义,而是实实在在的销声匿迹。

大雁和天鹅正伴随着寒霜和微雪一道南下,穿着一身货真价实的羽绒服,只要水面不结冰,它们就可以在路过的任何一个湖泊从容悠游、觅食。

这是长安、洛阳、淮水一带的物候,也是江南一带再过十来天的风景。

从白露、寒露到霜降、小雪,是自然面貌和万物风情变化最大的时光——就像春天从雨水、惊蛰到清明、谷雨的那段时光。春,由静到喧、由死到生;秋,沉寂之前的热烈:它们都是最撼动人心的风景,仿佛黎明的曙光和黄昏的落日。

但小雪之后,天地沉寂,万物安静。

有一个长长的黑夜需要大地去承受。

该孕育的继续在寂静中孕育,大地终归不是死亡。但它确实将安睡了,呼吸变得越来越缓慢、从容。

词语的温度也慢慢降了下来,不过升起炭火,依然有着可以绵延数千年的温暖:

问刘十九

[唐] 白居易

绿蚁新醅酒,红泥小火炉。

晚来天欲雪,能饮一杯无?

能饮一杯无?当然必须举杯,向着已谢幕的唐朝,向着所有因雪而不能前来的过去的友人,以及所有因雪和酒,正启程前来的新的战友。

大雪

大雪释名

大雪,十一月节。大者,盛也。至此而雪盛矣。

——《月令七十二候集解》

白话:

大雪,是十一月的节气。大,是盛大的意思。到了这时候,雪就盛大了。

大雪三候

(初候)鹖鴠不鸣。

(二候)虎始交。虎,猛兽。故《本草》曰能避恶魅,今感微阳气,益甚也,故相与而交。

(三候)荔挺出。荔,《本草》谓之蠡,实即马薤也。……

——《月令七十二候集解》

白话:

大雪及后五日物候:寒号鸟不叫了。(寒号鸟不是鸟,而是鼠辈,学名复齿鼯鼠。四肢之间有薄膜,能够在树林间滑翔,被古人误认为是鸟类。)

大雪后五至十日物候:老虎开始交配。老虎是猛兽,所以《本草》说:猛虎能够感知并避开恶魅,现在感到阳气微微回升,就开始了交配。

　　大雪后十至十五日物候：荔草（或称兰草）开始萌芽。

节气二十一
你来了，我这里才敢下雪

江南无雪。

用大雪命名今天这个节气，乃是古中原的物候，而不是江南的。南方大多数地区甚至连霜都未曾出现过。

叶未落尽，夏草枯黄后，冬草已青。江南的大雪节气是一幅薄雾蒙蒙的水墨，却夹杂着凡·高似的一树两树金黄的油彩。但无雪。

北京，–6℃，晴，无雪。

西安，–3℃，雾，无雪。

洛阳，–1℃，阴，无雪。

…………

雪，只纷纷扬扬地落在天南海北的朋友圈里：复制粘贴网络上不知何年何月的照片，复制粘贴从未在大自然中见过的寒号鸟、老虎的照片（据说它们是大雪的物候，而我眼前真实的物候，是山茶更盛，寒山更空），复制粘贴所有关于雪的诗词散文……

说来奇怪，几千年岁月里，就纯粹写雪，写得最细致的，居然是鲁迅和毛泽东。鲁迅极其精确地描绘了故乡江南的雪和首都北平的雪——他眼里的朔方的雪；毛泽东写到了陕北高原的大气磅礴的雪。这些文字都将是不朽的，但都不是古文人眼里的雪，也不是古农人眼里的雪。

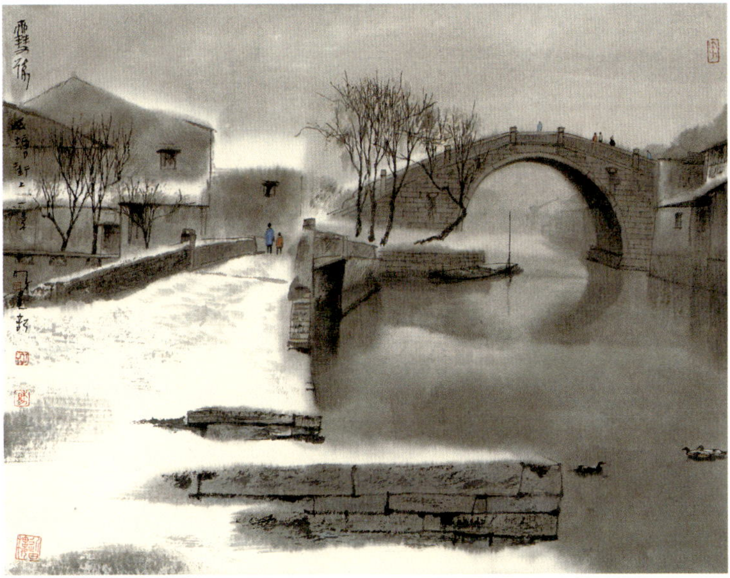

虽然大冰雪曾经改变了人的肤色，虽然绝大多数来到北半球的早期人类其实死于冰雪导致的寒冷和饥饿，但我们的基因里并没有对雪的恐惧。我们怕蛇，因为我们曾是旷野里最普通的动物，对蛇的害怕是必要的自我保护；我们恐高，因为我们曾是树上的猿猴，没有恐高机制的伙伴都掉了下来，没有留下后代；我们热爱草原，喜欢"天苍苍，野茫茫，风吹草低见牛羊"的风景，因为我们就是稀树大草原上诞生的物种。但我们的基因里没有对雪的恐惧，因为对雪的恐惧没有带给我们更大的生存可能，也许热爱它，敢于在茫茫的雪地里踩出第一行脚印，这才能在大自然的生命叙事里，留下自己的基因和姓名。

漫长的北半球栖居，冬季就成了丰收后的休憩。此刻粮食尚未匮乏，虽然总得精打细算，但饥饿不是当下，甚至有余粮可以酿酒，有木炭可以取暖。于是，在安宁和富足里，我们等候着一场雪。

雪，成了一种遥远的期待，淡淡的诗意：晚来天欲雪，能饮一杯无？

就我而言，最宜于大雪节气的诗，是唐朝刘长卿的《逢雪宿芙蓉山主人》：

> 日暮苍山远，
> 天寒白屋贫。
> 柴门闻犬吠，
> 风雪夜归人。

叶落尽了，山是空山。暮色和飘雪拉远了天地万物，宇宙也是空的。本就一无所有的屋子，本就一无所有的心情。我和我的狗，期待着一位归人或者过客，无论他最终归于何处，此刻，此地，有酒，有火，有歌声。

木心说，你再不来，我就要下雪了。

这才是江南大雪的物候和心情。

当然你也可以说：你来了，我这里才敢下雪。

冬至

—— 冬至释名 ——

冬至,十一月中。终藏之气至此而极也。

——《月令七十二候集解》

白话:

冬至,是十一月的第二个节气。冬天万物收敛潜藏,到这个时候达到了极致。

—— 冬至三候 ——

(初候)蚯蚓结。六阴寒极之时,蚯蚓交相结而如绳也。

(二候)麋角解。说见鹿角解下。

(三候)水泉动。水者,天一之阳所生,阳生而动,今一阳初生故云耳。

——《月令七十二候集解》

白话:

冬至及后五日物候:蚯蚓在泥土里盘起身体。小雪时候,六爻都是阴,这是达到了极点。蚯蚓在泥土里也感受到寒冷,盘起身体,就像一个绳结。蚯蚓在阳气下沉时,就垂首向下。到了冬至,阳气开始回升,蚯蚓就抬头向上。所以在冬至节时候说蚯蚓盘曲得像个绳结,是说蚯蚓开始要在泥土中动了。(八卦中的阴阳和二十四节气的关联是不能直接解释物候的,因为八卦中的阴阳要比太阳长短还要更提前,譬如冬至是黑暗的极致,但在八卦中,立冬、小雪才是坤卦,六爻全阴,而大雪和冬至是复卦,六爻中出现了一阳。在物候里,真正最寒冷的时候是小寒和大寒。这意味着在古人的世界观里,道最先,太阳其次,大地再次,人事最后。)

冬至后五至十日物候:麋鹿的角开始脱落。夏至的物候之一是"鹿角解",而冬至的物候是"麋角解"。(这个说法得不到观察的支持,可能是一种臆测。)

冬至后十至十五日物候:泉水开始在地下萌动。"天一生水",水是上天一阳所生的,阳气出现了,水就开始萌动。现在六爻中出现一阳,所以泉水就开始萌动了。(如前所述,这是从抽象的卦象说事,与事实上的物候观察并不相符。)

节气二十二
神的死亡与重生

夸父，今天终于止住了他的脚步——夏至之后，他的脚步就日渐滞重，距前方的太阳越来越远；到今天，他终于力尽倒下，一任太阳远去。

北半球就此沦入黑暗，和随黑暗而来的寒冷。

最黑暗的日子，就是冬至这一天；最寒冷的日子，就是冬至后的五十来天。

雪，已经下到了江南；冰冻，已经逼近了江南。旷野上，落叶树落尽了叶，质朴地站立着，没有言语；最冷的前几天，农田里的薄冰一直要到下午才渐渐融化；最后的候鸟或许是轻巧的鹬鸟，在淮河流域，这几天还偶尔能在田野上瞥见它们的身影；而长江以南，在不结冰的大河边，有一些鹭鸶决定留下来，拿自己的羽毛，与冰雪和寒霜比比美颜。

大地上的物候在今天并没有那么重要，最重要的物候是太阳本身！

今天，夜到夜半，是一年中白日最为短促、黑夜最为漫长的日子。如果不以大地的温度为标志，而以太阳的长短为标志，今天就是冬的极致。农历二十四节气是太阳历，今天就是太阳的死亡和重生。

今天这个日子不宜散文，连普通的诗歌也无能为力，没有任何一行唐诗宋词可以道出这个日子的悲壮、希望、恐惧、憧憬。这个日子属于神话，属于史诗，属于有神灵的宗教。

这必须是一位大神的死亡！无论他叫奥西里斯、荷鲁斯、梵天，或者青帝太皞、赤帝炎帝，今天是他的遇难之日！

战胜他的，是他的兄弟和敌人，是宇宙同样重要的另外一面，他可能叫赛特、湿婆、黑帝……

冬至日，在遥远的古代人类看来，是最恐怖的日子：善良之神死亡了，暴烈甚至邪恶之神暂时胜利了，并有可能取得永久性的统治权！

凛冬已至。

如果明天太阳并未回归，那么光明、温暖、食物，乃至诗歌、舞蹈、爱情都将统统就此毁灭。

如果这确实是两大神灵的战争，作为牺牲者的人类必须作出选择：在同样敬畏、同样献祭的前提下，把祷告的名字转向哪一位神明？把更多的祭品献祭到谁的神殿？

如果没有人类微不足道的舞蹈、祈祷、牺牲、献祭，本就势均力敌的双方有可能难以决出胜负，甚至最后永久性胜出的一方，竟是那可怖的神灵……我们必须像一个五六岁的孩子恐惧他即将远行的父母会不会永久消失那样，来想象古代人类心目中，这一天的神灵和太阳。

他们坚定不移地相信，自己虔诚的祷告参与了宇宙的进程。于是，不久之后，梵天或者荷鲁斯、青帝或者太阳，将从他自己的尸骸中重新诞生！

也许，地球上无数个角落、无数个部落，都有自己的神灵在冬至日之后重生！

至少北半球每一棵能感知光照长短的树，它们会牢记这个日子。它们知道，这一日是太阳的死亡也是太阳的凤凰涅槃！

如果一定要从汉语和汉字里寻找诗歌，那只能从《楚辞》里寻找，从《九歌》里寻觅。《九歌》里的《东君》，就是楚国的太阳神。

节日

日诞

自古至今，东方和西方有着共同的神圣对象——太阳！

一年三百六十五天，我们把哪一天立为元旦？立为新年的开端？

如果以天为依据，也就是以太阳为依据，那么冬至或冬至后一天、三天，或者冬至后的月亮诞生日、月份排定日，都可以作为"元旦"，作为新年的开始。

用中国古代的"十二消息卦"来解释，就是选择"复卦"作为开端，在天干地支上，它是天干的"子"。周朝就是以"子月"为岁首，也就是冬至之后的这一个月为新年开端，这是太阳回归的日子，可以说是"以天为法"。

你可能已经发现，公历同样是"以天为法"，选择在冬至后的那个月作为岁首——这不是什么"西历"，而是"阳历"，我们的祖先也曾经采用过。

冬至后面的两个节气是什么？是小寒和大寒。日照短暂而且偏斜的后果，在大地上要一个月后才淋漓尽致地显现，正如夏至一个月后天气最热，冬至一个月后，大地最冷！

这就是十二消息卦中的"临卦"，天干纪月中的"丑"。据说商朝以这个时间为岁首（元旦、新年），这算得上是以地为法。

我们都听说过"三阳开泰"，如果复卦是一阳，临卦是二阳的

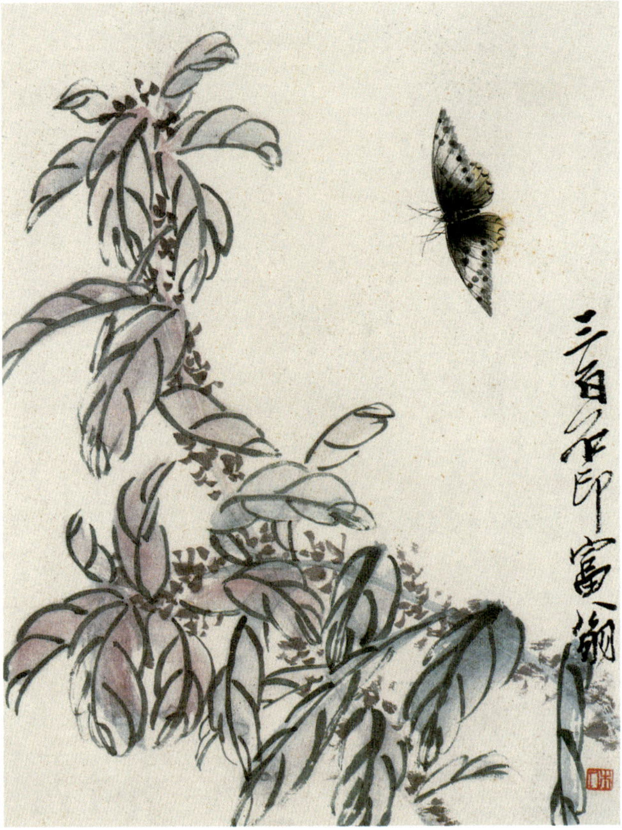
三百石印富翁

话，那么泰卦就是三阳。二十四节气中的"立春"和"雨水"就在这个时间段。这是天干纪月的"寅"月。据说这是夏朝人采用的历法，也是至少自汉代以来，我们祖先们一直采用的历法，我们的春节新年至今安排在这里。这是真正的"春季"来临，万物开始复苏，人们开始复苏。这样的安排，我们可以称为以人为法。当然，无论哪一种安排，都是地球上的故事，都是人类的决定，都以太阳作为真正的依据。

太阳始终存在着，白日又一天天长起来，这是绝对的真相！

小寒

小寒释名

小寒,十二月节。月初寒尚小,故云,月半则大矣。

——《月令七十二候集解》

白话:

小寒,是十二月的节气。在月初的时候,寒冷还不是很厉害,所以叫小寒;到了月半寒冷就很厉害了,所以叫大寒。

小寒三候

(初候)雁北乡。乡,向导之义。二阳之候,雁将避热而回,今则乡北飞之,至立春后皆归矣,禽鸟得气之先故也。

(二候)鹊始巢。喜鹊也,鹊巢之门每向太岁,冬至天元之始,至后二阳已得来年之节气,鹊遂可为巢,知所向也。

(三候)雉雊。雉,文明之禽,阳鸟也;雊,雌雄之同鸣也,感于阳而后有声。

——《月令七十二候集解》

白话:

小寒及后五日物候:大雁开始向北迁徙。乡,这里是"向",朝向的意思。小寒节气,从八卦来说,已经有了二阳,大雁将躲避南方的炎热而回归北方。现在是开始向北迁徙,到立春的时候就都开始回归了。禽鸟能够最先感受到天地之气，所以在天气还没变化前就开始迁徙了。在一年之中，鸿雁作为物候有四次。小寒节气向北迁徙的，是大雁，是雁中的父母。立春节气向北方迁徙的，是小雁，是雁中的儿女。应该是大的先迁徙，小的随后迁徙。（这个说法显然与事实不完全相符合，这是因为古人没有能够真正在西伯利亚和南亚群岛观察大雁的迁移，只是从中原的角度作想象的。）

小寒后五至十日物候：喜鹊开始作巢。喜鹊巢的门常常朝向表示纪元的太岁星。冬至，是一年天空运转的开始。冬至以后，从八卦来说已经累积了二阳，这是下一年天地之气的提前来到，喜鹊就可以作巢了，这是预知未来气温的趋向。

小寒后十至十五日物候：野鸡开始双双鸣叫。鸡被称为五德之禽，野鸡也是文明之禽，是属于阳气的鸟。雊，是雌雄鸟一道鸣叫的意思。它们一道鸣叫，是因为感受到了阳气而发出声音。

节气二十三
初雪蜡梅枇杷花

雪,终于落在中国的土地上。自北向南,自西向东;从陇西到终南山,从洛阳到南京……

雪,生生把这个叫"小寒"的节气,落回了"大雪";生生把"小雪""大雪"节气里吟哦过的诗句,再在"小寒""大寒"里吟哦一遍。

雪一落,整个乡土中国就成了诗意中国,相机自动调成黑白,丹青自动化为水墨,微博和朋友圈里,唐诗宋词出现的频率到了一年中的最高值。

但雪落到长江两岸,就停止了它的脚步。再往南,江南密布的丘陵暂时阻住了雪的南下:杭州,等雪;徽州,等雪;永州,等雪……

永州,就是所有雪的诗篇中最美、最冷的那首诗的出生地:

千山鸟飞绝,

万径人踪灭。

孤舟蓑笠翁,

独钓寒江雪。

这是柳宗元因政治牵连、被贬永州时写的诗句,也是他当时心境的完美流露。

痛楚是必然的,否则怎么会用"绝、灭、雪"这三个入声字作为韵脚?

孤独是必然的,否则怎么会在一首仅仅二十个字的唐诗里,出现"绝""灭""孤""独"四个情态惨烈的汉字?

这是迥异于《渔歌子》(西塞山前白鹭飞)里的渔父;《江雪》背后的诗人,本就不是逍遥自在、适性自得的道家诗人。

他垂钓的不是鱼,不是官,不是名,而是坚持着把自己清瘦的背影,留给世界,留给历史。

独钓寒江雪!

这是他的宣言,令人想起和他一道被贬的刘禹锡的诗句:"巴山楚水凄凉地,二十三年弃置身。怀旧空吟闻笛赋,到乡翻似烂柯人。"

但是,《江雪》更隐晦,也更坦白,更无怨言,也更决绝。

雪,终于在这样的诗里,抵达它在汉语诗歌里的最高意境。从此,所有摩挲过汉语诗歌的后人,若站在雪里久久吟哦,最后总会从欣喜、赞叹,抵达孤寂、决绝。

但这样的意境未免太过高冷,即便是爱诗的文人,也未必真能欣赏。大家都需要更柔和一点、更温暖一些的句子,如:"晚来天欲雪,能饮一杯无?""柴门闻犬吠,风雪夜归人。"

再或者,如宋朝杜耒的《寒夜》:

> 寒夜客来茶当酒,
> 竹炉汤沸火初红。
> 寻常一样窗前月,
> 才有梅花便不同。

清茶、美酒、炭火、明月、绮窗、梅花……这才是文人的标配！我们今日追求诗意生活，追求的就是这些精致的器具和这份悠然、这份闲适，而不是"独钓寒江雪"的高冷和决绝——虽然那才是第一流的诗歌、第一流的境界、第一流的灵魂。

我们确实追求着平凡的幸福，只不过，也许那样的诗句已在我们的心底埋下了一粒种子，它会在生命的某一刻，逼迫我们毅然转身，去"独钓寒江雪"！

更大的也许，是"不会"：最好"不会"遇到；遇到了，也可以"不会"如是选择。

如果万一这样选择了，那也大可不必绝望。毕竟，这并不是生命的深渊，这样的严重时刻，往往只不过是人生的大河转折处。

就像小寒、大寒，这确实是北半球最冷的一段时光，但太阳已经从南半球的南回归线上开始回撤，黑夜渐渐地不再那么漫长。这最暗最冷的天象，也正是春天将至的前兆。

这一切，草木鸟兽比我们更加清楚。古人认为小寒节气有三候：一候雁北乡，二候鹊始巢，三候雉始雊。其实古代中国人并没有真正观察过迁徙到南方生活的大雁，所以他们只是想当然地认为大雁此刻已经踏上了北飞的归程——其实还早着呢。喜鹊开始了筑巢，雄雉鸡开始了求偶的啼鸣，这些都和真实的物候有很大差距。事实上，它们虽然是留鸟，但翻新巢穴，迎娶新娘，养育幼雏，都是三月份才开始兴盛的事，没有谁会提前在这寒冬中去做无益的事。而修补一下房子，往巢里添加一些动物皮毛以抵抗寒冷，这是入秋以来一直在进行着的事，算不得是小寒特有的物候。

江南，此刻最鲜明的物候有两种：蜡梅盛开，梅花饱满。

才有梅花便不同！

梅花必须赶在温暖一来就一起开放，所以它们在寒冷的日子里没有哪一天停止过充实自己的花苞。小雪、大雪时节还看似一树枯枝，现在远远望去，枝梢已经隐隐泛出一层红光，近看，花苞已经一个个鼓胀着，如果再给几天晴暖日子，它们就会提前在冬季里绽放了。

真正盛开在寒风中的，依然是蜡梅和枇杷。

蜡梅本不起眼的蜡黄，在万物凋敝的冬天里显得分外动人，那并不浓烈的芬芳，在寒风里也显得如此珍贵。

而枇杷花似乎从来不敢奢求诗人的赞美，自顾自一树一树地开着花。"满寺枇杷冬著花"，"杨柳迎霜败，枇杷隔岁花"，"花开抵得北风寒，果收初夏摘金丸"……这些，就是漫长的岁月里，诗人们仅有的留意和歌赞了。

而在我看来，冬至、小寒节气里，再没有比枇杷花更生动、最贴切的江南物候了。

无论有没有人赞美，明年"南风树树熟枇杷""摘尽枇杷一树金"的美景和美事，全赖此刻最平凡的坚守。这是大地和农人的秉性与操守，并不亚于"独钓寒江雪"的瘦诗人。

节日
小寒与腊八

一天中最热的是哪个时间?

不是正午十二点,而是下午一两点。

阳光,也许是正午十二点最强,但它要把万物和大地烤热,却需要更多时间。

一天中最冷的是哪个时间?

不是子夜零点,也不是子时之末凌晨一点,或者丑时凌晨两三点,而是曙光出现在天空之前的那段时间。

因为温暖来自阳光,在子夜之后,仍然是黑暗笼罩大地,万物消散着昨日的温暖。

一年中最热的是哪个时间?不是六月,而是七月;不是夏至,而是夏至后的小暑、大暑。

一年中最冷的是哪个时间?不是十二月,而是下一年的一月;不是冬至,而是冬至后的小寒、大寒。

一切取决于这片土地和太阳的关系:角度和时间,胜过距离的远近。

大寒是最寒冷的节气;小寒,是在冬至和大寒之间,再平均地安插上一个节气。

就光照而言,小寒是人们明显感觉到光照一天天正起来、强起来、长起来的第一节气,所以人们想象,动物应该比人类更敏感，于是有了不是基于观察的小寒三候："雁北乡；鹊始巢；雉雊。"其实古时候北方的人们是根本观察不到大雁何时开始从过冬的南方返回北方的，只是猜测从遥远的南方飞到北方，要很长很长时间吧，也许就是从它们感觉到日气渐长的这一天开始的吧。喜鹊开始筑巢，野雉开始鸣叫，其实都是春季求偶的信号或者说准备。但真正的事实是这一天北方的万物都还在沉睡，南方的万物却依然兴盛。只是在安排节气者心目中，或者会武断地认为天地生灵应该比人更能敏感于自然之道而已。

事实上，生物是标准的现实主义者，"人法地，地法天，天法道，道法自然"，对万物而言，自身就是道，自己的自然而然就是大道。自身以外，并不存在着一个左右宇宙一切奥秘的大道，如果有，它也只能是"无"，或者"空"。

只有它是空的，才可以容纳万物如此兴盛又如此差异。

腊八，顾名思义，就是腊月初八。

十二月为什么称为腊月？有人说因为这个月有祭祀天地祖先的腊祭之日。

为什么这个祭祀称为腊祭？

因为在远古这个时候，农事已尽，天气又日益寒冷，正宜制作腊肉，储备未来一段日子的食物。

肉从哪里来？现在我们会首先想到饲养的家畜，但对古人来说，这段日子正是打猎的最好时节。

丰盛的食物谁有资格最先品尝？当然是祖先和神灵！

就这样，腊肉、打猎、腊祭都凑到了一块儿，但决定古人这一切生活元素的，还是特定的天气，就是小寒与大寒这段一年中最寒冷日子最适合的生活安排。请记住，腊月不一定指十二月，而是腊祭所在这一个月，是远古人们制作腊肉的那一个月。

在远古，"腊"和"昔"还只是同一个字，左边的"月"字旁还没有出现。这个字甲骨文写作🖧，金文写作🖧。上面的那个符号看似陌生，其实在另外一个汉字里以不同的形式出现过。"人为刀俎，我为鱼肉。"俎，指的是案板。"俎"字左边的符号，就是金文"昔"字上面的符号，取象于切开的肉。肉切开了才便于晾晒，所以"昔"的本义就是"肉干"。肉干不新鲜了，是过去的东西，所以才生出了"过去""古昔"等意思来。也因为"昔"渐渐只被用来表示过去的时间，那么人们就有必要再创造一个字，用来特指"腊肉"，所以人们就把专门表示肉的"月肉旁"加在"昔"的左边，创造了"腊"来表示"腊肉"。但由于古代的腊肉是自然晾晒而成的肉干，不是今天用盐来防腐的咸肉腌肉，所以制作它的时间是基本固定的，总是在小寒、大寒这两个节气里，于是，它就又慢慢固定成了时间的名称：腊祭、腊月。

有一种花就开在这个时候，人们称它为"腊梅"。现在，"腊梅"写成了"蜡梅"，因为它开的花有"蜡"的质感啊。其实呢，"蜡"也不过是"昔"的衍生字而已，难道油亮透明的"腊肉"不就是一块"蜡"？相信最初的蜡烛，应该就是用动物油脂制作的。

徽州的小寒和腊八的物候，正像宋代无名氏诗句里所写的那样："看梅腮妆腊，柳眼缄春，小寒交候。"

小寒这一天，最令人瞩目的物候还是梅花。那几棵梅花近些天来一直泛出红光的花蕾,就像无数兴奋的小眼在等候着春风一声令下。终于,有三五朵今天按捺不住,提前绽放了。

据说一千三百多年前的这个日子,武则天留下了赫赫有名的一首霸道诗《腊日宣诏幸上苑》:"明朝游上苑,火急报春知。花须连夜发,莫待晓风吹。"今天孩子们并没有命令梅花,那就是梅花盼望着遇上孩子们的脸。

而其实寒冷的日子尚未真正来临,梅花即使此刻开放了,未来的冰雪还会将它们摧残,让它们提前凋零。

从容一些,像宋朝的大词人晏殊所说的那样:"腊后花期知渐近,寒梅已作东风信。"

个别已在孕育,大多还在蕴藏。

我自己,则在深沉的冬眠中,等候雪,等候米酿成酒,等候阳光被草木酿成芬芳。

今天,我们将一道腌制腊肉、咸鱼,吃腊八粥——本来腊祭用的是肉食,佛教传入中国后,人们相信释迦牟尼就是在中国历法中腊八这一天出生的,于是佛诞和腊祭就混在了一块,素斋替代了肉食,佛节掩盖了祭祀。对我们而言,无论哪一种都是先人们的生活足迹,我们怀着兴致浏览,怀着敬意理解,不刻意区分是非彼我,最终,只是在今日的天空下,生存栖息。

大寒

大寒释名

大寒,十二月中。解前。

——《月令七十二候集解》

白话:

大寒,是十二月的第二个节气。在月初的时候,寒冷还不是很厉害,所以叫小寒;到了月半寒冷就很厉害了,所以叫大寒。

大寒三候

(初候)鸡乳。乳,育也,马氏曰:鸡木畜,丽于阳而有形,故乳在立春节也。

(二候)征鸟厉疾。征,伐也;杀伐之鸟,乃鹰隼之属;至此而猛厉迅疾也。

(三候)水泽腹坚。陈氏曰:冰之初凝,水面而已,至此则彻,上下皆凝。故云腹坚。腹,犹内也。

——《月令七十二候集解》

白话:

大寒及后五日物候:鸡开始孵育小鸡。一种说法,鸡配对五行时是水畜,感受到阳气,就开始产卵并孵育后代。另一种说法,鸡配对五行时属于木畜,依附于阳气就能成形,所以在立春前后开始孵育后代。

　　大寒后五至十日物候：远飞的鸟飞得猛厉迅疾。征，就是伐的意思。征鸟是杀伐之鸟，像鹰隼之类。到了大寒时候飞行得特别猛厉迅疾。

　　大寒后十至十五日物候：池塘深处的水也结冰了。阳气没有到达，东面来的春风没有吹到，所以水泽结冰而且坚固厚实。陈氏说：冰刚刚凝结时，只有水面一层。到了大寒水面到水底都冰冻了，所以说是"腹坚"。

节气二十四
檐下冰挂年事终

大寒未寒,江南的大地上,处处透露出春的消息。

大地的温度,一来取决于太阳照射的角度和长度,二来取决于其他地方带来的寒潮或者热潮。

无论如何,此刻的北寒带,冰天雪地,天寒地冻,零下五六十摄氏度的世界,就像一个超级巨大的冰柜。而这个冰柜并没有门锁,寒冷随时可以随大气运动而四处蔓延——直到它的末梢,被温暖的阳光融化。

温岭、温州,这样的名字,就意味着冰雪肆虐的终点。再往南,四季如春,鲜花不断。而往北,就是江南,四季分明的江南。

江南并非长江以南,而是唐诗宋词、元明清绘画里一个特有的名字,一种特定的诗意,和长安、中原、塞外、岭南相对,它富庶、美丽、精致、纤细……

此刻的江南,小寒和三九时节的那一场寒潮带来的冰雪已完全消融,除了应节的蜡梅和山茶,还有些按捺不住的梅花、兰花、海棠,已经零零星星地开放。但是大寒和四九时节,必然还会有一场两场的寒流,花朵密谋的暴动,终将遭遇冬帝无情的杀戮。

大寒,未必是一年中最冷的,但毕竟属于冬天,是残酷的寒冷最后的统治,所有提前起义的花朵,注定会成为牺牲者,成为春的先驱和烈士,也因此,才格外美丽,格外动人。

"大寒",是二十四节气的最后一个。大寒十五天,意味着最寒冷日子的终结,也意味着农历一年的终结。

古代的"冬"字,也就是"终"字,它首先表示一年的终结。

《说文解字》说"冬"字:"四时尽也。从仌从夂。夂,古文终字。"

甲骨文"冬"和"终"。

金文"冬"和"终"。

终,是冬的第一个意义,最首要的意义。它意味着终结,意味着把记录了一年事务的"绳结",挂到墙上,成为过去,成为历史。而下一个日子(或下一个节气、下一个季节),一切将重新开始。

汉字是有灵性的,它们就像是活着的标本,既记录着三四千年前的物候,也一路进化,演化出形形色色的思想物种。

"冬"字的上面,取象于结绳记事;"冬"字下面两点,取象于冰,就像冫和水取象于水。仌(冰),或者冰、冫、㇀,这是冬天里一系列与寒冷有关的汉字所共有的元素:寒冷、凛冽、冰冻、凋、凝……

而"寒"字就像一幅图,画里的古人躲在屋子里,躲在被窝里——在棉花还没有传入中国的遥远古代,普通的人们只能用厚厚的草荐来保暖，这是坐在空调房间里写微信和简书的我们所难以想象的。即使是有棉被的时代，冬天依然是难以忍受、不堪逗留的，只是人们无可逃遁，只能用夸父的神话，来寄托心愿。

"寒"的金文。

大寒的诗意，只能是富人和闲人的；对于古代的农人而言，小寒、大寒，是最难熬、最无趣的时光。除非去年有一个大丰收，仓库和米缸是厚实的，甚至还能饲养着鸡鸭猪羊，酿一些米酒……但漫长的数千年里，这样的时光少之又少，更多的寒冬里，没有诗意，只有残酷。

唐朝元和八年腊月，连续五天大雪，诗人白居易最深刻的感受，不是美丽的雪景和围炉的诗意（他可是"晚来天欲雪，能饮一杯无"的主人啊），而是彻骨的寒冷和无限的悲悯：

村居苦寒

[唐] 白居易

八年十二月，五日雪纷纷。

竹柏皆冻死，况彼无衣民。

回观村闾间，十室八九贫。

北风利如剑，布絮不蔽身。

唯烧蒿棘火，愁坐夜待晨。

乃知大寒岁，农者尤苦辛。

顾我当此日，草堂深掩门。

> 褐裘覆紹被，坐卧有余温。
> 幸免饥冻苦，又无垄亩勤。
> 念彼深可愧，自问是何人。

人这个物种，是在温暖和炎热中进化出来的，看看我们光滑的皮肤就可以想象，科学也告诉我们，我们真正的家乡（故土）是在非洲东部，靠近赤道的稀树大草原。

所以，保暖就是最好的养生，衣服、房屋、火炉、暖炕、空调、热水袋、电热毯……除了浅浅的肤色，人类在北半球的漫长岁月，并没有来得及进化出对抗寒冷的本事，但人类以智慧创造了各种工具，以上这些，就是我们比动物皮毛更灵活的外挂器官。

感谢太阳赐予的温暖，感谢大地以各种方式保留着温暖（从木头、食物到煤炭），感谢人类中杰出者的智慧和创造，让我们在残酷的冬天里，活得如此有尊严。

图书在版编目（CIP）数据

农历的天空下：诗意二十四节气／干国祥著. —郑州：大象出版社，2024. 5
ISBN 978-7-5711-2147-1

Ⅰ.①农… Ⅱ.①干… Ⅲ.①诗集-中国-当代 Ⅳ.①I227

中国版本图书馆 CIP 数据核字（2024）第 058802 号

NONGLI DE TIANKONGXIA
农历的天空下
——诗意二十四节气
干国祥 著

出 版 人	汪林中
责任编辑	郑强胜　梁金蓝
责任校对	牛志远
装帧设计	王莉娟
插　　图	墨迟　等

出版发行　大象出版社（郑州市郑东新区祥盛街 27 号　邮政编码 450016）
　　　　　　发行科　0371-63863551　总编室　0371-65597936
网　　址　www.daxiang.cn
印　　刷　北京汇林印务有限公司
经　　销　各地新华书店经销
开　　本　890 mm×1240 mm　1/32
印　　张　6.875
字　　数　152 千字
版　　次　2024 年 5 月第 1 版　2024 年 5 月第 1 次印刷
定　　价　58.00 元
若发现印、装质量问题，影响阅读，请与承印厂联系调换。
印厂地址　北京市大兴区黄村镇南六环磁各庄立交桥南 200 米（中轴路东侧）
邮政编码　102600　　　　　　电话　010-61264834